淺草鬼妻日記 七

妖怪夫婦與傳說同眠

友麻碧

輕
文學
Light Literature

目錄

淺草鬼妻日記 登場人物介紹

擁有妖怪前世的角色

夜鳥（繼見）由理彥

真紀和馨的同班同學，擁有假扮人類生存至今的妖怪「鵺」的記憶。目前與叶老師一起生活。

茨木真紀

昔日是鬼公主「茨木童子」的高中女生。由於上輩子遭到人類追殺，這一世更加渴望獲得幸福。

天酒馨

高中男生，是真紀的青梅竹馬也是同班同學，仍然保有前世是茨木童子丈夫「酒呑童子」的記憶。

前世的眷屬們

《酒呑童子　四大幹部》

熊童子　虎童子

生島童子　

水屑

《茨木童子　四眷屬》

深影　水連

木羅羅　凜音

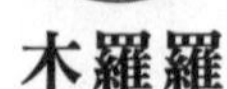

其他角色

小麻糬

津場木茜

叶冬夜

第一章 新學期

我的名字是茨木真紀。

是茨木童子這個大妖怪的轉世。

不過，現在我只是一介平凡的人類高中女生。而且從今天開始，就是高三生了。

一到學校，我就拿到了分班手冊，我站在走廊上，以祈禱般的心情打開它。

從昨天晚上開始，我就一直擔心得要命……

「哇——太好了！太好了！又跟馨和由理同一班了——！」

「三年一班呀……怎麼又差不多都是這群人呀。」

「在說什麼啦，馨，你心裡明明也是鬆了一大口氣。」

站在我身旁的黑髮男生是天酒馨。

他是我上輩子的丈夫，那個大名鼎鼎的鬼，酒吞童子的轉世。

跟我們分到同一班的女生看起來都滿開心的，因為馨是一位身材高挑的帥哥，不過現在他是我的男朋友。沒錯，是男朋友喔。要記清楚才行喔。

「呵呵，雖說都差不多是這些人，但也有一個很大的改變喔。」

從旁插話的是面露羞澀笑容的美少年，夜鳥由理彥。他是「鵺」，擅長化身為人類的妖怪。由理指向新教室的門口，那兒站著體格魁梧、雙手扠腰、雙腳朝左右大開的男性……

「早安！大妖怪小鬼們。」

「呃，大黑學長。」

沒想到身為淺草寺大黑天的大黑學長，居然跟我們一樣在三年一班前頭等著。

我慌忙低頭確認班級名單，上面確實寫著「大黑仁」。這是大黑學長假扮人類學生時使用的化名。

「哇哈哈。真紀小子、由理子、馨，你們很高興吧，可靠的學長變成同班同學了。」

「……」

學長的個性超級樂觀，絲毫不因我們複雜的表情而受到打擊。

「這樣說起來，大黑學長是永遠在高三生的生活中輪迴吧。」

「既是神明，又是學長，今天開始又是同班同學，真是不曉得該怎麼應對……」

由理跟馨一臉為難地向眼前的神明合掌行禮。

雖做著不停重複念高三，竄改相關人士以外其他人的記憶這種驚人之舉，但他可是台東區最強大的淺草寺大黑天大人，擁有能在這塊土地為所欲為，讓任何事都變成有可能的偉大力量。

「以後就不能叫你大黑學長了耶，好像有點捨不得，那該怎麼叫你才好？」

「都已經習慣了，現在才改叫我大黑或是仁也很怪耶。還是叫大黑學長好了啦。」

「學長，你對這種事不太在意對吧──」

是說，我們也早就認定他是「大黑學長」，能繼續這個稱呼是再好不過。

但旁人應該會覺得有點奇怪吧。只是，即使變成同一個年級，大黑學長依然還是大黑學長，就說這是綽號蒙混過去吧！

環顧班上其他同學後，發現七瀨跟小滿也在同一班。

特色是紅框眼鏡的丸山被分到別班去了。還有就是……

「好了，大家找位置坐下──」

「啊～是叶老師～太幸運了！」

女生們紛紛尖叫，個個都心花怒放。

因為我們班導是那位金髮帥哥的理化老師，叶冬夜。

「呃，我們班的班導是叶老師嗎！」

「太糟糕了。」

我跟馨一臉抽到下下籤的表情，十分洩氣。

因為那傢伙，是我們的宿敵安倍晴明的轉世。

「算了啦，畢竟在背後運作，讓我們可以分在同一班的，就是叶老師。」

「咦？真的嗎？」

由理對於自己主人的叶老師，還是維護了他幾句。

安排我們分在同一班這件事真的令人非常感激，使得我現在好像有點感謝叶老師，但又好像感謝不太起來。

話說回來，我隔壁的座位空著。

我一如往常坐在窗邊最後一個位置。

有擺上桌椅，表示應該會有人來才對。那個人今天請假嗎？

「我們馬上來介紹一下轉學生。」

叶老師淡淡地說，教室內一片喧譁。

高三這個時間點，轉學生很少見。

不過，走進教室的那一位，是我曾見過的橘子頭……

「他是津場木茜。由於雙親的緣故，轉到我們明城學園來。大家要跟他好好相處喔。」

「……請多指教。」

擺出酷樣的轉學生。

儘管我們班上已經有堅稱自己頭髮天生就帶著紅色的我在，但同學們還是因為那頭招搖的橘髮而受到衝擊。

但那與我、馨和由理驚訝的程度相比，根本是小巫見大巫。

「咦？橘子頭少爺？咦咦咦咦咦咦咦！」

「這是怎麼回事？為什麼那傢伙會……」

「哇啊，真是太讓人驚訝了。沒想到茜居然會轉學過來。」

雖然我們失聲驚叫，但那時班上大多數人也正在喧鬧，因此並沒有特別引人注目。

「津場木，你的位置在窗邊的茨木隔壁。你認得吧？」

津場木「嗯」地應了一聲，毫不在意班上的吵雜，快步朝這裡走來。他有點無視我們，逕自在我隔壁坐下。不過……

「欸，你是津場木茜吧？不是長得很像的人對吧？欸欸，這是怎麼回事？」

我立刻從旁連珠炮般發問。

「應該是陰陽局派來的。欸，對嗎？」

由理接著冷靜說出猜測。再加上……

「我說呀，茜，你跟制服很不搭耶。」

馨沒禮貌地批評人家，導致津場木茜終於忍不住掄起拳頭使勁捶了一下桌子。

「夠了，吵死了，不要跟我講話啦！笨蛋！虧我還故意裝作不認識！」

他崩潰了，雙頰漲得通紅。真是非常有他的風格。

轉學生的四周圍滿了班上同學，教室外更是人山人海。

這究竟該說是正常學生的反應，還是校園法則呢？

「欸，真紀，那個人就是上次在京都遇到的外校男生吧？」

要好的女同學七瀨佳代戳戳我的肩膀，出聲詢問。

「對，七瀨。好像是有什麼原因，才轉到我們學校來。」

「什麼原因是指什麼？那個人鬧出了什麼大問題嗎？」

立刻衝到我面前的人是小滿，相馬滿，她單手拿著筆記本，正興奮得睜大眼睛。小滿當上了新聞社社長，看來是沒辦法忽略轉學生這種自己送上門的好題材。

「不是啦，不是妳說的那樣……那傢伙雖然看起來像個小混混，卻是大少爺出身，還是正義的夥伴。」

「咦？他是大少爺嗎？是個上好題材！」

「話說回來，正義的夥伴是指什麼？」

小滿緊咬充滿反差的「大少爺」特點，而七瀨追問的是「正義的夥伴」這個詞。

「該說問題反倒出在我們身上嗎……」

我略微垂下視線，嘆了一口氣。

津場木茜被派到學校裡來。我忍不住一直猜想，這件事背後的涵義。

「欸，津場木茜，你有打算要加入哪個社團嗎？」

「沒——」

「那把是劍道的竹刀嗎？」

「才不是，別碰。」

「今天已經沒課了，你放學後有空嗎？」

「沒空。」

對於想要快速拉近距離的班上同學，津場木茜一臉厭煩，態度十分不友善。

他在原本那間高中大概也是這副德性吧？看起來也沒朋友的樣子……

那群同學沒學到教訓，接二連三地問他問題，邀他參加社團活動，找他去玩。今天只有開學典禮跟班會就放學了，所以他們還問他待會兒要不要一起去吃午飯之類的。

津場木茜有點招架不住了，於是馨跟由理出手救援，分別從身後伸手搭上他的肩膀……

「不好意思，這傢伙已經先跟我們約好了。喂，茜，去社辦了。」

「啊？我說呀，我不打算跟你們混在一起。」

「哎呀，不要這麼見外啦。我們會泡茶給你喝的。」

「你說什麼？」

然後，津場木茜就被馨跟由理帶走了。

我也跟在他們身後，朝我們的祕密基地走去。

位於學校舊館、改造美術器材室而成的「民俗學研究社」社辦，也是通往裏明城學園的入口之一。

「所以呢，這到底是怎麼一回事？」

「你指什麼？」

我們讓津場木茜坐上社辦的椅子，開始偵訊他。

「你還問我們指什麼。當然是你被派到這裡來的理由呀。」

馨拋出具體的疑問後，津場木茜雙手交叉在胸前，淡淡答道。

「是陰陽局的決定。他們認為茨木真紀跟天酒馨，你們兩個需要護衛。」

「……什麼？」

「跟波羅的・梅洛的那場戰役，讓你們的存在更引人注目。現在在妖怪及退魔師的世界中，沒有人不知道你們。天酒還好一點，茨木連身分都曝光了，甚至是居住地點。」

津場木茜望著我，眼神就像在說「妳自己明白這代表什麼意思吧」。

「儘管淺草有堅固的結界，但這間學校在結界之外。雖然叶也在這裡，但你們肯定不會乖乖待著，一定會擅自行動，又太相信自身的力量，全身上下都是空隙。」

「可是，陰陽局沒有義務要保護我們吧？」

「啊？我說呀，這並不是特別為了你們喔。而是你們來學校上學，可能會給校內其他學生帶來危險。」

「這個……」

我們也不是沒有想過這個可能性。

但是，一旦被具體地指出來，不安和罪惡感頓時湧上心頭。畢竟那是最糟糕的情況了。

我渴望過普通的高中生活，但我是否錯了呢？

會不會結果連累到許多人，害他們無法隨心所欲過活呢……

津場木茜是察覺到我的擔憂嗎？他接著說：

「我不是叫你們不要上學的意思喔。就算上輩子是大妖怪，現在你們就是一般人。啊，夜鳥不一樣就是了。」

由理反倒是奉叶老師之令，負責待在我們身旁的式神。

而陰陽局也在考量過後，將津場木茜派到我們身邊。

「反正，萬一發生什麼才行動，那就太遲了。雖然可能有點礙眼，但我會極力避免跟你們扯上關係，所以放心啦。」

津場木茜講完這句話之後，現場陷入短暫的沉默。

這段時間，大家各自消化眼前的狀況。然後……

「嗯，我懂了……那你也加入民俗學研究社吧。」

「啊？茨木，妳這混帳，剛剛有在聽我講話嗎？」

津場木茜的頭猛然歪了一下，對我認真的提議露出傻眼的神情。

「既然你的任務是待在我們身旁，那就應該加入民俗學研究社呀！」

「聽不懂妳在說什麼。就算不加入社團活動，我也可以……」

「不行！你一定要加入！一定喔！」

我再三強調。因為津場木茜跟我們看著同樣一個世界，他有加入這個社團的資格。而且，我還是希望夥伴都能聚在同一個地方。

「說的也是呢。如果社員增加為四人，今年能收到的社費也會變多。」

「社費變多的話，就來買快煮壺吧。電熱水瓶已經太老舊了。」

「你們這幾個傢伙……」

聽到由理跟馨談論起錢的事，津場木茜垂下肩膀。

他似乎已經疲於應付我們了。

「話說回來，民俗學研究社是做什麼的呀？以你們來說，這社團名稱也太死板了吧。」

然後，他環顧灰塵滿布的房間。

——為什麼我們妖怪必須遭到人類趕盡殺絕呢？

看到寫在白板上頭，我們永遠的課題，他便瞇起雙眼。

「調查、整理各種跟妖怪有關的資訊，但那只是表面上的說法，通常我們都是在這裡吃便當、閒聊、喝茶。」

我還不打算放棄，繼續介紹社團活動的內容。

「其實就是我們的祕密基地啦。在教室裡，很多話都不能說。」

「對呀。要是說自己看得見妖怪，最後肯定被當成怪人。」

「而且，還有通往河童樂園的入口，就是這個打掃工具櫃。叶老師多半都會待在那一側的舊理化實驗室裡。」

由理和馨紛紛出聲應和，我接著打開打掃工具櫃，向津場木茜展示扭曲的空間，介紹這間社辦最大的特徵。

「原來如此呀。」

津場木茜似乎光憑這幾句說明，就明瞭了社團活動的概要，以及我們的情況。

「這倒是，在教室以外有一個能夠聊這些事的獨立空間比較好。既然如此，我也加入吧。加入這個奇怪的社團。」

「太棒了！社員增加了。」

我一臉歡欣，津場木茜見了神情更顯困惑。

「沒想到你們會歡迎我。我還一直以為你們討厭我。」

「為何？你不是已經像我們的夥伴一樣了嗎？」

「啊？聽不懂你在講什麼耶。為什麼會突然變成這樣？」

「之前大家不是一起去救出妖怪嗎？跟海盜決鬥。」

是指波羅的．梅洛那件事。

我們在陰陽局的協助之下，與抓走大批妖怪、打算轉手賣向國外的海盜大戰了一場。當時，津場木茜幫了很多忙。

「那該說是因為情勢所逼嗎？話說回來，你們幾個不是一直很討厭陰陽局嗎？千年前你們被退魔師殺害了吧？」

「當然，我們沒有相信陰陽局的所有人。但你幫助我們是事實，而且，你也並非不分青紅皂白就殺害妖怪的人吧。」

「……」

對於我跟馨一副理所當然就接納他的模樣，津場木茜仍舊難掩困惑的神色。他望著我們的眼神，就像在看未知的生物一般。

見到他這個模樣，由理輕聲笑了起來。

「真紀和馨雖然防衛心很重，不過一旦信賴了某個人類，立刻就會忠心耿耿喔。」

「忠心耿耿是什麼意思？什麼啦，什麼忠心耿耿。」

「我們兩個是狗嗎？」

雖然不能贊同由理的講法，但我們真的是只要決定對一個人敞開心房，就會一直信任對方。只是走到這個階段前，要花一點時間就是了。

「哼。是啦，沒錯啦，從你們的立場來看，不可能立刻就會相信陰陽局，這我懂。就連我，也沒有相信陰陽局的每個人。只是和樂融融當好朋友這種事，恕我不奉陪。」

「欸，津場木茜，你用橘色的馬克杯可以吧？應該剛好有一個多的。」

「聽我講話。」

我拿出橘色的馬克杯時，津場木茜冷靜地強調著。

接著，他清了清喉嚨，示意我們聽他繼續說下去。

「你們幾個可以這麼悠哉的好日子，也只有現在囉。」

「……」

「SS級大妖怪玉藻前……那個水屑，不曉得下次又會打什麼壞主意，設下什麼陷阱。畢竟那個女人已經鎖定天酒你了。」

我也跟著將目光移往馨的方向。

馨皺起眉頭，神情像在沉默地思考些什麼。

「而且狩人『雷』也從那之後就不見蹤影。大概待在水屑那邊吧。」

「……雷。」

我下意識地複誦那個狩人的代號。

只有由理側眼瞥向我。他是察覺到什麼了嗎？還是他也透過叶老師得知了些什麼呢？

我該說出來嗎？

在波羅的．梅洛那場戰役中，敵方那個叫作雷的狩人，其實是源賴光的轉世，也是製作那個狹間的來栖未來。

可是只要說了，其他事也都會跟著曝光。

那個青年是酒吞童子的……

此時，由理用只有我能察覺的方式微微搖頭。

「我突然想起來，馨，你今天下午不是臨時要打工嗎？」

「啊！」

聽到由理的提醒，馨慌張站起身。

「對耶。要是遲到，不曉得店長會怎麼唸我。那我先去打工了。」

他連忙將書包背上肩，便衝向社辦門口。

「馨，打工結束後呢？」

「跟平常一樣。我會買一些熟食回家當晚餐！」

他慌亂地回答後，就趕去打工了。

「那我也差不多該走了。要開叶老師的式神會議。」

「式神會議是什麼呀？」

由理只是露出苦笑，看來內容是祕密。他一臉略嫌麻煩的表情，打開打掃工具櫃，跑去「裏」側了。

「我也得去陰陽局了。」

「咦？連你都要走了？」

津場木茜似乎還有陰陽局那邊的工作，乾脆俐落地離開社辦。

剛剛還那麼熱鬧，結果一轉眼間，就只剩下我一個人了。

空蕩蕩的社辦中，我突然感到有點孤單。

「只有我一個人沒事做呀……」

總之，先把過去只有三人份的物品，都補成四人份。

馬克杯就不用說了，寫著社員姓名的名簿上，我也加進津場木茜，還在旁邊畫了一顆橘子。

再在白板上畫上橘子，把冰箱裡剩的橘子汁喝光。

「好了。」

這樣就差不多了吧。我心滿意足地想，差不多也該準備回家了。

「喂，茨木真紀。」

津場木茜不曉得什麼時候，回到了社辦門口。

「咦？津場木茜。你剛剛不是走了嗎？」

「我有件事忘了跟妳說。」

「忘了跟我說？」

難道是有什麼話要趁馨和由理不在時找我說嗎？

津場木茜用極為認真的神情，拋出一個問題。

「妳畢業後打算要做什麼？」

我訝異地眨眨眼睛。

完全沒料到會是這種問題。

「你問要做什麼呀……應該就是考大學、念短大，然後找工作。」

「妳有特別想念哪間學校，做什麼工作嗎？」

「沒……我沒有具體的想法。」

我忍不住別開目光。

老實說，這也是我最近的煩惱。差不多該具體地考慮將來的出路了。

「那麼，妳會想進陰陽局嗎？」

「……咦？」

我是不是聽錯了？太過難以置信，我不禁懷疑起他的話。

但津場木茜又問了一次。

「妳會想來陰陽局嗎？」

「……」

這下我連眨眼都沒辦法了，嘴巴跟雙眼越張越大。

「等、等一下！你是認真的嗎？我可是茨木童子的轉世喔！從陰陽局的角度來看，茨木童子這個鬼可是昔日的宿敵喔。」

「就是因為這樣呀。上次在橫濱中華街的月華樓，我們不是聊過將來的話題嗎？從那個時候開始，我就一直在想這件事。」

「為了就近監視我嗎？」

「要說完全沒有這種意思，那是騙人的，但不管怎樣妳都會一直被監視吧。只要這個世界上有你們在、有妖怪的存在，大概一輩子都不會改變吧。那還不如乾脆加入我們，光明正大地跟妖怪扯上關係比較好吧？我只是單純這樣想。」

「光明正大地？」

「如果妳想以人類的身分為妖怪們做點事，就得背負相對應的權利跟責任。在陰陽局，這件事將得以實現。」

「……」

權利，跟責任。

我從來沒有想過這件事。我，加入陰陽局？

不可能。不可能。

不可能？

「不過將來的出路這種事，要妳自己決定，我不會再多說什麼。只是如果妳考慮加入陰陽局，高中畢業後就必須到京都的陰陽學院就讀，所以才會趁早提這件事。嗯，我……講完了。」

津場木茜重新背好裝著髭切的袋子，就小跑步奔過走廊，離開了舊館。

一時之間，我的四周陷入寂靜。

我杵在原地，發愣了好一會兒。

從社辦向外頭望去，中庭的枝垂櫻正華美綻放，迎風搖曳著。

彷彿在溫柔地撫慰，正在人類與妖怪的夾縫之間搖擺的，我的掙扎。

「不行不行不行，真的不可能。不可能。」

居然問我要不要加入陰陽局？

加入陰陽局，就等於要成為退魔師。

那可是成為我最厭惡的存在，退魔師。

「那傢伙明明很清楚這一點，突然這樣問是怎麼了？我加入陰陽局後，他有想要讓我做什麼嗎？」

我不懂。

應該是青桐的意思吧？如果是他，的確有可能會想把我跟馨拉攏到同一方，而且之前他還開口挖角過身為鵺的由理……

只是，我對未來沒有清晰的夢想，也是事實。

借助陰陽局的力量，大批妖怪才得以獲救，也是事實。

沒錯。如果沒有那種大型組織作為後援，我們沒辦法從海盜波羅的．梅洛的手上，將妖怪們救回來。同樣規模的騷動發生時，光靠我一個人的力量能解決的事情相當有限。

我悶頭思考著這些事，一邊前往千夜漢方藥局。

千夜漢方藥局出乎意料地今天已經打烊了，我納悶地繞到建築物後頭，按下電鈴。

接著，一個抱著企鵝寶寶的黑髮少年走出來。

「歡迎光臨，茨姬大人！」

「噗咿喔～」

少年是我的眷屬之一，八咫烏的妖怪深影，暱稱是影兒。

他那雙能夠讀取妖怪內心的黃金之眼，現在只剩下一隻，總是戴著眼罩是他的特徵。

再來，影兒手裡抱的企鵝寶寶，其實是一種名為月鶇的鳥獸妖怪，我幫他取名為小麻糬。身體軟軟的很可愛，叫聲是「噗咿喔～」。

「阿水今天該不會不在吧？」

「是的，他去幫特殊客人開藥。好像非阿水不可的樣子。」

原來如此……阿水指的是我眷屬之一的水蛇妖怪，水連。他是專門醫治妖怪的藥師。有時阿水會像這樣親自上門拜訪客戶，幫他們開藥。

「茨姬大人，在學校發生什麼事了嗎？」

「咦？這麼明顯嗎？」

是我表情太凝重了嗎？我立刻揚起嘴角，露出笑容。

「其實呀，陰陽局的津場木茜轉學到我們班上了。嚇我一大跳！」

「咦咦？陰陽局那個拿髭切的小男生嗎？」

這件事果然連影兒都嚇一跳。
聽到影兒叫津場木茜「小男生」，我越想越覺得好笑。
「啊，請進。我來泡茶。」
「謝謝。」
影兒立刻恢復平靜，招呼我進家門。
他最近開始有種可靠哥哥的氣息了耶。是阿水教導有方嗎？他自己萌生自覺了嗎？還是因為平常都在照顧小麻糬呢？或者是由於這個家裡來了一個更不知世事的人呢……
「茨姬，妳來了呀～」
客廳裡，穿著女僕裝的藤樹精靈木羅羅正坐在沙發上觀賞傍晚的綜藝節目，同時享用著看起來十分美味的戚風蛋糕。
那是位在淺草寺後方言問街上，「otaco」的戚風米蛋糕！
「茨姬大人也吃一點吧。常客拿來的。」
「咦？可以嗎？otaco 的戚風蛋糕會散發米粉的柔和香氣，口感富有彈性，又溼潤蓬鬆，我最喜歡了～」
桌上擺著各種口味的戚風米蛋糕，每一塊切片都包裝得漂漂亮亮的。要選哪種口味好呢？我猶豫不決，但挑選口味的時光也充滿愉悅。
「俺吃的是伯爵茶口味喔。還配上伯爵紅茶。俺最近迷上紅茶了，超享受的。」

木羅羅說道。她跟優雅的午茶時光非常相配。

「我剛剛已經吃過可可口味的了，小麻糬選的是抹茶牛奶口味。」

「噗咿喔～」

影兒跟小麻糬也紛紛發表意見。難怪我才在疑惑，小麻糬嘴旁怎麼黏著像麵包屑的東西。

「這種時候還是選最正統的原味好了。」

我拿起單純的原味戚風蛋糕。撕開塑膠包裝，直接大口吞下也行，不過當伴手禮也很適合。

啊啊，實在太鬆軟了，我只是拿起來一下子，蛋糕體就快要變形了。

我咬了一口，蛋糕觸碰到嘴唇的瞬間，就能感受到那蓬鬆有彈性的絕佳口感，塞進嘴巴後，不會過甜又單純的米蛋糕香氣，令人不禁全身放鬆。

比起西洋點心，我更愛和風甜品。但就連我也成為這鬆軟輕彈口感的俘虜。

因為原料是米嗎？跟影兒幫我泡的熱燙綠茶也很搭……

「對了，木羅羅，妳已經徹底駕馭女僕裝了耶，有夠適合，簡直像這原本就是妳的正式服裝似的。」

木羅羅是將淡紫藤色大波浪長髮撥到臉頰兩側，超脫凡人的美少女（真實性別不詳）。女僕裝應該是如同阿水以前說過，在秋葉原買的吧？

「這種衣服有很多皺褶，超可愛的，而且還方便活動，弄髒也沒關係。真是最棒的打扮了。」

「怎麼樣？習慣這裡的生活了嗎？」

我毫不客氣地在平常阿水專用的沙發上坐下來。

「嗯。跟影兒一起照顧藥草，打掃店裡，還有，俺也會陪那隻圓滾滾的小鳥玩耍喔。」

「噗咿喔～」

小麻糬從影兒的懷抱中跳下來，緊抓著最近喜愛的小車車，在木羅羅旁邊乖乖坐好。然後就讓小車車在沙發側面跑動，玩了起來。

看來小麻糬也接納木羅羅為家裡的一分子了。

對小麻糬來說，阿水相當於叔叔，影兒則是哥哥，這樣看起來，木羅羅應該是……姊姊吧？

「小麻糬也很開心吧，待在這邊就不會寂寞了。」

「噗咿喔。」

「乾脆變成這個家的孩子好了？」

「噗、噗咿喔～」

小麻糬玩得正入迷，順勢就要點頭，但立刻慌張地頻頻搖頭。看來他聽得懂我講的話呢。

「酒吞大人今天不在嗎？」

「馨去打工了。那傢伙就算成了準考生，還是打算繼續打工耶。」

「哦——他跟以前一樣是工作狂呀。」

從悠哉的木羅羅眼裡看來，有點難以理解馨為何要那麼忙於工作，但她似乎是想起上輩子的酒吞童子也是勤奮工作，因而覺得合情合理。

接著，木羅羅又啜飲了一口紅茶。這實在是太悠哉了，我也跟著喝下一口茶……

「茨姬大人也是準考生了呢。決定之後要做什麼了嗎？」

「唔，咳咳咳。」

這問題來的時機也太剛好，讓我嗆到了。

「妳沒事吧？茨姬大人？」

「沒事，我沒事。這個呀，我是考慮了很多，可是……」

自己想做的事。想要實現的夢想。

想要實現的，夢想……嗎？

結果全都是跟和馨結婚，淺草的大家都能幸福度日，希望妖怪能過著安穩的生活這些脫不了關係。

「茨姬大人？」

「啊，沒事。不好意思。」

「？」

影兒和木羅羅對看了一眼。

好不容易夥伴們才得以在淺草團聚，我不想再讓他們操心。

我在這兒吃戚風蛋糕、喝紅茶，跟影兒和木羅羅愉快地談天說地後，在天黑之前離開藥局。

跟著莫名的念頭，我繞去隅田川岸邊的隅田公園。那兒的櫻花漸漸凋謝，綠葉冒出了芽。

「噗咿喔～噗咿喔～」

小麻糬想跟隅田川的手鞠河童們一起玩耍。

我確認附近沒有其他人，便將小麻糬放到地面。

這一帶的河岸有鋪磚，非常適合散步。

我有空時常來仰望晴空塔。那聳立在這個地區，傲視所有建築物，充滿未來感的大樓。

「茨木真紀。」

後方吹來一陣強勁的風勢。

長髮隨風飄揚，我回過頭，看向那個呼喚我名字的人。

在那裡，不知何時已站著一位曾經見過、身材高挑的青年。

他有一頭稍長的蓬鬆亂髮，身穿領口敞開的薄毛衣，是位戴著黑框眼鏡的青年。

「來栖……未來。」

我們曾經見過好幾次面。畢竟，他……

「我想說只要來這裡，你說不定會再次出現。之前遇到時，我根本不曉得你是狩人。來栖未來。不……還是應該叫你『雷』呢？」

我瞇起眼睛，防備著眼前的青年，這麼說道。

「我早就知道，妳是茨木真紀這件事。」

「……」

「也知道妳是茨木童子的轉世。」

來栖未來語氣淡然地說，接著，拿掉那副眼鏡。

這是我第一次能仔細端詳那張臉。

啊啊。那雙眼睛，根本和馨一個樣……

但是，他那感覺不出絲毫溫度的冰冷神情，令人不寒而慄。

「看我，真紀。」

「什……不要叫我真紀！你傷害了我的夥伴。還打算殺害馨。你是我們的敵人源賴光的轉世，對吧？」

我勉強克制住幾近失控的情緒，試探性地開口問了。

心底的某種情感無法避免地被挑起。

來栖未來是殺害酒吞童子，還連同魂魄一併奪走的那個男人的轉世……

「源賴光的轉世嗎？好像是這樣沒錯。所以我從出生起，就遭受眾多妖怪詛咒。」

「……詛咒？」

意料之外的回答，讓我再次看向他，雙眼不由得慢慢睜大。

因為我看見了，來栖未來身上糾纏著不計其數的妖怪業力。

「這……」

那簡直可以稱為闇黑之手了吧？

詛咒纏繞著他的身體，彷彿這一刻就要將他蠶食鯨吞似地。

這樣說起來，來栖未來的兩隻腳是義肢，這代表他常因妖怪的詛咒而身陷危機或受傷嗎？

我用力吞了一口口水，平復騷動不已的內心，再問了一個問題。

「你……有前世的記憶嗎？」

來栖未來沉默片刻才搖搖頭。

「我沒有前世的記憶。源賴光這個男人，我根本沒聽過，就只是接續了他的業障。」

然後，他低頭凝視自己的雙手。

「我從出生起，就深受妖怪嫌惡、憎恨，性命不斷遭受威脅。我爸媽害怕吃掉自己年幼孩子雙腳的不知名生物，把我……賣給波羅的．梅洛。」

他靜靜地訴說，他自己的過往。

「波羅的．梅洛在世界各地尋找靈力高的小孩子，從他們爸媽手中買下來，或抓過來。再長期訓練他們，讓他們具備跟非人生物戰鬥的能力。」

「……所以，你就變成狩人了嗎？」

「不然妳說我還能怎麼辦呢？在什麼都不懂的年紀，就被丟到這個世界裡。既然妖怪想要咒殺我，那我自然要為了保護自己去狩獵妖怪。」

「……」

對於我跟馨來說，他是勢不兩立的狩人，卻也有他走到今天這一步的理由。

無可逃避的殘酷理由。

「我以前不曉得為什麼妖怪會這麼討厭我，一直詛咒我，不停想要我的命。還有內心那股催促自己必須剷除更多妖怪的使命感的來由……完全不明白自己到底是誰。我最渴望的那個『答案』，是經常出入波羅的．梅洛的水屑大人告訴了我。」

然後，來栖未來原本一直盯著的他自己的手掌，倏地緊緊握拳。

「我是千年前的退魔名將源賴光的轉世。而妖怪之王酒吞童子的半個靈魂，也寄宿在這個身體裡。也就是說，我，我也是……酒吞童子的轉世……」

我從叶老師那裡聽來的「真相」，這個男人也早就知曉。

我感受到冷汗滑落臉頰，擺出應戰的架式。

「可是……你也沒有曾經身為酒吞童子的記憶對吧？」

畢竟，記憶是由馨繼承了。

對於我拋出的疑問，來栖未來明確地點了頭。接著……

「可是，我這裡，一直有股強烈渴望見到某個人的感受。」

他將手放在自己胸前，用「那雙眼睛」眷戀地凝視著我。

「我想，我一直很想見妳。」

「……」

我的眼睛越睜越大，然後，我緊咬牙關，按捺住那股從腳底往上傳遍全身的焦躁。

「……你想要從我身上得到什麼？」

我的神情凝重起來，彷彿在害怕似地詢問來栖未來。

他一步步朝這邊走來。

「我，我也是酒吞童子的轉世。我聽說，我們前世是夫妻。」

我隨著他的腳步一步步後退，但他仍以穩健的步伐來到眼前，告訴我：

「我想要，妳的認同。我想要……妳愛我。」

他剛才臉上明明一絲表情都沒有，現在說這句話時，卻一臉要哭出來的神情。

這讓我的心又再次震盪不已。

頂著一張跟馨一模一樣的臉，說這什麼話呀。

可是我不能被他的話迷惑，我使勁搖頭。

「我的丈夫，我愛的人，只有天酒馨喔。」

「……因為我沒有記憶，但他有嗎？」

來栖未來的聲音中，透著些許冰冷的氣息。

「不是！只是我愛的人，是馨。他是酒吞童子轉世這一點，不過就是我們相遇的契機而已。

沒錯，我擁有愛戀酒大人的記憶，但一切不光是這樣。我跟名叫天酒馨的男孩相遇，在相處的過程中，對現在的他產生愛意……想要一直待在他的身旁。我再一次墜入了愛河。」

「……再一次？」

來栖未來皺起眉，垂下頭沉默不語。

「你還不認識我，我也不認識你，我們之間，根本沒有關係。就算我們同樣擁有身為酒吞童子及茨木童子轉世的這個緣分也一樣。所以……那是，不可能的。」

我清楚表態。

來栖未來的眼神，彷彿在向我求救一樣。

乞求愛，是辛苦而孤獨的。

他受到自己體內酒吞童子的感情所驅使，便向聽說是前世妻子茨木童子轉世的我，冀求一份無條件的愛。

可是，愛，並不是那麼一回事。不該是一份依戀前世緣分、不健全的情感。

所以，我跟馨是再一次墜入了愛河。

「……」

咦？怎麼突然安靜了下來？我才注意到來栖未來的淚水汩汩流出，大哭了起來。

「等、等一下，你不要哭啦。」

簡直像我欺負他似的。不，我剛剛的確是眼神凌厲、清楚明白地拒絕他了……

他緊握住胸前衣服，跌坐在原地，用哭訴般的語氣問道：

「既然妳說我們之間根本沒有關係，那這份感情到底是什麼？」

「那個……」

「每個人都討厭我。每個人都想殺我。因為互相對抗的兩個靈魂，我的身體已經殘破不堪。我一直以為……只有妳，只有妳會救我……不會討厭我，結果現在卻……」

我想起叶老師之前說的話。

『那另外一個人就拋下不管了嗎？即使他向妳求救的話。』

叶老師或許早就預料到了。來栖未來體內有酒吞童子的靈魂，那情況終究會變成如此。

可是，我不會愛上他。也不能這麼做。

「為什麼……」

我心情複雜地蹲下來，朝痛苦的他遞出手帕。

「拜託，你有點敵人的樣子啦。你是源賴光的轉世不是嗎？」

如果他恨我，想殺我，那我也可以毫不留情地恨回去，將從千年前就不曾止息、那股對於敵人的憎惡，盡情地發洩出來了。

就不會讓我感到如此心痛了。

「我不是妳的敵人。」

「……咦？」

「拜託，真紀。跟我一起走。」

明明前一刻還在崩潰大哭，這瞬間他卻突然緊抓住我拿著手帕的手。

那股力道十分強勁，連我都沒辦法掙脫。

「妳由我來保護，待在這裡很危險。」

「危、危險？最危險的不就是你跟你侍奉的水屑嗎！」

我心裡暗叫不好，立刻將靈力灌注到手上，使出全力甩掉他的手。

再順勢離開他身邊，狠狠瞪著他，將他看作敵人，重新擺好架式。

對手是那個「雷」，我手邊沒有武器，旁邊還有一隻完全沒注意到我們沉重的對話，跟手鞠河童玩得正高興的小麻糬。

來栖未來搖搖晃晃地站起身。

「果然，酒吞童子的轉世有兩個人，從根本上就是個錯誤……」

他的靈力隨著情感波動，劈里啪啦地劇烈震盪著。

「我要殺了他，獲得另一半的靈魂，成為酒吞童子唯一的轉世。水屑大人說過，這樣一來，糾纏著源賴光的詛咒也會因而抵銷。到時我就可以解脫了，無論是這個身體所受的痛楚，或是內心這份發疼的眷戀……」

然而，聽到這句話，我也無法克制地喚醒了自己內心深處的陰影。

「你……在說什麼？」

比起困惑更迅速地，某種漆黑的情感，炸裂。

「如果你打算殺害馨，我會在那之前先殺了你。」

是察覺到我的殺氣嗎？來栖未來驚愕地看向這個方向。

他下意識退後一步，肯定是因為感到恐懼。

「我不允許。我會持續戰鬥。不管，不管你是誰都一樣……」

來栖未來倒抽一口氣，沉默了好一會兒，一直望著我。

——就是現在。

一定要先逃開他，我很清楚這一點。我確認後方情況，匆忙抱起小麻糬，轉身拔腿就跑。

不過，來栖未來的那雙飛毛腿立刻就追上來，站在我面前擋住去路。好快……

「我求妳。跟我一起走，真紀。」

他叫我的名字，伸出他的手。

我心想這下逃不過了，但他的手並沒有碰到我。

「不要用你那隻沾滿妖怪鮮血的髒手碰她。」

從背後單手環抱住我的腰，用力拉近他自己，同時以刀尖牽制來栖未來的，正是茨木童子的前眷屬，銀髮的吸血鬼。

「凜音！」

那雙左右顏色歧異的眼睛，正冰冷地瞪著來栖未來。

「凜，他是狩人『雷』喔。」

「我曉得。」

凜音鬆開我，隨手朝自己身後一推，便從刀鞘拔出另一把刀。

「真是夠了。你說酒吞童子的轉世有兩個人？」

他大概是聽到我們的談話內容了吧。臉上也難掩焦躁，嘴裡喃喃埋怨著。

「有一個就已經夠討厭的了，居然還有另外一個？開玩笑也要有個限度，我都想殺人了！」

凜音眼神倏地轉為凌厲，揮舞著雙刀砍向來栖未來。

來栖未來靠他的飛毛腿拉開距離，並拿起掛在腰上的黑色筒狀物體。他使勁一甩，就成了伸縮式的黑色咒杖。

來栖未來揮動那把咒杖，擋下凜音的刀，眼神跟剛才已然不同，正冷酷地瞧著凜音。

「骯髒的吸血鬼。你也是覬覦她鮮血的鬣狗吧？就像那群害怕陽光的異國吸血鬼一樣！」

這個男孩子，擁有殺害妖怪的業力。

因此，他被賦予了用來殺害妖怪的強大力量。

來栖未來憑藉那極為稀有的「斬妖除魔」力量，避開了凜音的刀，還身手矯健地反擊。

不過，凜音也具備了罕見的使劍才能。他預測對方動向，閃開攻擊。

這場性命相搏的戰鬥沒有我插手的餘地，靈力相互碰撞的聲響，以及沉重的金屬撞擊聲所交疊出的不諧和音，響徹河岸。

不過，突然，來栖未來停下動作。

他回過頭，彷彿看向某個遠方，接著就這麼跑走了。

凜音正要追上去，但……

「凜音，別追！」

我出聲制止。他現在雖然並非我的眷屬，仍依言停下腳步。然後將刀收回鞘裡，朝我走來。

「凜，幸好你來了。謝謝你來救我。」

我才道完謝，凜音就狠狠瞪向我。

「妳剛剛全身都是空隙。是因為那個男的擁有跟酒吞童子一樣的靈魂嗎？」

「那、那個……」

「妳不能對那個男的掉以輕心，下次再遇見他，要以殺死對方的決心戰鬥！那傢伙是敵人，他之前還想殺了水連！而且……他還是那個源賴光的轉世……」

凜音語氣激動地斥責我。我忍不住聳起肩膀，不高興地說：

「我、我知道，我很清楚，可是……對不起。」

我伸手扶額，深呼吸，想要整理混亂的腦袋。

沒錯。那個男人是源賴光的轉世。我最憎恨的人類之一……

凜音看見我這副模樣，無聲地嘆了口氣。

「就算在淺草，妳也還是盡量別一個人亂晃比較好。敵人不是只有水屑，覬覦妳的人可多著。」

「……嗯。」

今天好多人都叫我要小心。

已經搞不清楚誰是敵人，有什麼在覬覦著我了。

不過，來栖未來憎恨馨，打算殺掉他，只有這件事，讓我心裡警報響個不停……

來栖未來抓過的那隻手臂，到現在還是在微微發抖。

「凜，真的謝謝你來救我。你要吸點血當謝禮嗎？你今天臉色也好差喔。」

雖說平常也一樣啦，但凜音看起來有點貧血。

「……今天就算了，留到下次吧。」

沒想到凜音難得拒絕了，明明平常想要我的血想要得不得了，但今天好似心情不太好。

不過我也感覺得出來，相較於之前，他確實有更認同我一些。

作為昔日的主人，茨姬……

「欸，凜，你現在住在哪裡？」

「我沒有義務告訴妳。」

「你要回到那群吸血鬼身邊嗎？」

「……如果我說是呢？」

凜音像在試探我的反應，側眼瞥過我。

「這次救妳，是賣妳個人情。下次碰面時，我應該會有件事要拜託妳。」

「有事要拜託我？好呀，只要是我能做到的，什麼都可以喔。」

「……妳答應囉。」

凜音不懷好意地揚起嘴角。

「別忘了妳這句話，茨姬。」

接著，他沒再回頭看我，就這麼消失在淺草的晚霞中。

〈裡章〉馨讓阿水看照片

我的名字叫作天酒馨。

沒想到新學期才一開始，我就在放學後去只販售無酒精飲料的懷舊咖啡廳，跟這個惹人厭的男人喝茶。

「哇～馨，沒想到我們兩個居然會一起來喝茶。其他客人沒有覺得我們很奇怪吧？」
「不用擔心。就是一個極為普通的高中男生跟奇怪的叔叔在喝茶而已。」
「那才不妙吧。那真的不太妙。」
這件事很重要嗎？居然還連講兩次，真是個奇怪的叔叔。
這傢伙的名字叫水連，是經營千夜漢方藥局的水蛇，也是真紀的眷屬。大家都喚他阿水。
「話說回來，巴哈的咖啡真是美味極了，而且又是馨請客。」
「居然有這種過分的大人，讓高中生請客。」
「是你自己說要請客的吧。再說，我家裡還養著兩個食客。」
「我也要養真紀呀。」
然後，我們就像在互道「你也辛苦了」似地，啜飲了一口咖啡。
這裡是距離南千住不遠，位於東淺草的自家焙煎咖啡名店，巴哈咖啡館。
我會挑這裡當作跟阿水私下碰面的地點，是因為這裡超出真紀的行動範圍，也由於想要盡量避開遇見熟人的機會，再加上這家店的咖啡是絕頂美味。
店員仔細用濾紙一杯一杯沖泡咖啡的模樣，從這裡也能看得一清二楚。
特別是跟這間店同名的巴哈特調，是我特別中意的品項。口感清澈、酸味略少，但風味豐富又醇厚。
這隻外表看起來很可疑的水蛇，也對這杯咖啡極為滿意，好半晌都沉醉在其風味中。但等他將咖啡杯放回盤子上，便立刻推了推眼鏡，開口問我：

「所以呢，你少見地找我來這種地方，到底是有什麼事？不過，我大概也猜得到啦。」

我將事先準備好的某樣東西，放到桌上。

「你看一下這張照片。」

那張黑白照片，是上個月跟波羅的．梅洛交手時拿到的。

水屑的部下金華貓故意掉在地上的。

阿水一看到那張照片，眉毛就抖了一下。

「哎呀，真教人懷念……」

接著，眼神略顯憂傷地，輕輕撫摸那張照片。

摸著那個女鬼的身影。赤紅色長髮編成三股辮子，身穿宛如喪服的黑色和服，臉上還貼著寫有「大魔緣茨木童子」的符咒。

「這張照片裡的人是茨姬，對吧？」

「……嗯。」

「真紀之前一直沒跟我說實話。她說茨姬是在為酒吞童子報仇時，遭髭切砍斷手臂而死，但實際上並非如此……那傢伙一直活到明治時代，還變成了惡妖。」

「嗯，就如你所說的。」

阿水沒有片刻遲疑地點了個頭。

「不過呀，馨，太晚了吧。你也太晚才來問我。」

「……」

阿水臉上雖然露出淺淺的微笑，但他也沒有隱藏對於我的憤怒。

這個男人直到今天，仍因茨姬所經歷的命運而懊悔不已，憎恨著我。

但我一直都明白，他身為茨姬的眷屬，會有這種心情也是理所當然。

「我知道。我其實……也覺得自己該早點發現才對。但真紀好像不想讓我知道，所以我才想說不要追問，等她自己願意告訴我。可是……現在或許已經不是能講這種話的時候了。」

我想要早點知道真紀的過往。我必須知道。

酒吞童子死後，茨姬經歷的一切。

「所以我才會來問你，我所不知道的，茨姬的事……拜託，水連，告訴我。」

現在要得知茨姬的歷史，只能靠這個男人了。

我朝阿水深深地低下頭。

阿水嘆了一口氣，又啜飲一口咖啡。

「也罷，好呀。看在美味咖啡的分上，我就告訴你吧。我也一直想找時間整理一下，畢竟她的歷史可是非常、非常長呢。」

接著，阿水再次將視線落到照片中那個穿著黑色和服的女人身上。

她臉上雖然貼著符咒，但我卻一眼就認出她是茨姬的那個女人，名字是……

「這位茨姬大人，在妖怪之間被稱為『大魔緣茨木童子』。」

「……大魔緣？」

我微微抬起垂落在照片上的視線。

而阿水的姿勢沒有絲毫變化，一直凝視著照片裡的她。

「意思是惡妖的最終下場。所有人都這樣叫她。她為了阻止肉體腐敗，在臉上貼符咒，穿著像喪服般的全黑打扮……隨身都帶著酒吞童子遺物的那把刀。」

我再次將視線落到照片上。

「……酒吞童子的刀。確實，這把是我的愛刀『外道丸』沒錯。」

名為酒吞童子的鬼，在大江山建造規模龐大的鑄鐵工坊，在那裡製作了各式武器。茨姬的瀧夜叉姬也是在那邊鍛造的，虎跟熊的棘棍棒和大斧也是。

我的愛刀也是其中之一，取名為「外道丸」。這是酒吞童子小時候的暱稱。

之前在京都看見的，酒吞童子身亡時的最後畫面……

茨姬在悲痛萬分下，的確有從地上拔起酒吞童子的「外道丸」，握著它消失在雪山中。

「大江山狹間之國滅亡後的事，我什麼都不曉得。除了茨姬為了尋找酒吞童子的首級，投身於漫長戰役這件事以外，什麼都……」

我在桌下的手，緊握成拳頭。

「茨姬，她去了哪裡，做了些什麼呢？」

好一會兒，阿水就只是沉默地喝著咖啡，但……

「就跟你剛剛說的一樣，她一直在找酒吞童子大人的首級。踏遍全日本，無論多遠的地方都跑去了。當時有個傳言，說得到那個妖怪之王首級的人，就能獲得掌握世界霸權的力量，所以有很多人都在打探首級的下落。大妖怪自然不用說，就連人類也是，甚至那個織田信長也在找酒吞童子的首級，還跟大魔緣茨木童子大人對戰過。」

「咦？織田信長？那個織田信長嗎？」

「沒錯，就是那個信長。」

「日本歷史中學過的？」

「對。只是在妖怪界，要叫第六天魔王才對啦。」

「……第六天魔王。」

那名字的擁有者，是一個名列陰陽局官方ＳＳ級大妖怪，以人類身分獲得妖怪的力量及身體的男人。雖然我早就曉得第六天魔王是織田信長，但從來沒想到他居然會跟茨姬有關聯。

「其他還有水屑陣營的金華貓、渴望名聲超越酒吞童子的大嶽丸、江戶幕府在暗地裡餵養的亡靈骷髏、希冀復活的道摩法師惡靈，全都在搜索酒吞童子的首級。茨姬大人對戰過的大妖怪，多到數不清。」

「等、等等、等一下，我有一點跟不上了。」

赫赫有名的大妖怪，一口氣全部出現了。

這意思是，茨姬就隻身一人跟那些傢伙戰鬥個不停嗎？

隻身一人……

「這張照片大概是茨姬大人身亡不久前拍的，因為她是在淺草過世的。」

「……」

一想到這是死前不久的照片，照片上的她看起來又顯得略為不同了。

我用力睜大眼睛，勉強遏抑哀傷的心緒，輕撫這張照片。

茨姬死在淺草。

這個事實，也是我之前不知道的，但卻非常、非常重要。

有件小疑問，也終於獲得解答。

「我之前一直覺得很不可思議，為什麼會是淺草呢？」

酒吞童子還在世時，跟這塊土地從不曾有任何關聯。

「我跟真紀都轉世到淺草。日本那麼大，偏偏兩人都來到淺草。而且你也在淺草。」

「啊哈哈。確實，這要說是偶然，也真是太過湊巧了呢。不過，沒錯。淺草，就是茨姬大人跟我們輾轉遷徙後，最終抵達的地方。」

根據阿水的說法，明治初期整個社會發生劇烈的變化，現世妖怪大舉作亂。

陰陽寮內部對於新時代該有的型態也起了內鬨，分裂成好幾個派系，鬥個沒完。茨姬認為這場混亂是得知酒吞童子首級所在地的最後機會，便來到這塊土地……

「我有一件最想問的事。」

我直直看著阿水。

「茨姬在淺草，是怎麼死的？」

我最想知道的事。

我不能不知道的事。

「關於這個……」

阿水微微垂下視線。

對這個男人而言，這大概是他最不願回想的一件事吧。

「被譽為最後的陰陽師、大名鼎鼎的土御門晴雄殺了她。在淺草的『狹間』裡。」

「淺草的……狹間？」

淺草確實有許多古老的狹間，但是其中的哪一個呢？

不過令阿水停頓片刻的，並非這件事。

「如果我沒有弄錯的話，那個男人是安倍晴明。」

「什麼？」

我忍不住張大雙眼。在遙遠記憶的另一端閃過的是，手持扇子半掩著臉，只有那雙銳利目光一直盯著這裡，身穿狩衣裝束的金髮陰陽師。

「晴明施展名為泰山府君祭的禁術，也轉世到那個時代，以『土御門晴雄』的身分降伏了大魔緣茨木童子。」

安倍晴明。

土御門晴雄。

還有，在現代名叫叶冬夜的男人。

如果阿水說的是真的，就代表那個男人多次反覆轉世，跟我和真紀的命運牽連在一起。

到底是為什麼？

那傢伙的目的如果是要降伏茨木童子，那他早就達成目的了才對呀。

然而，為什麼那傢伙這輩子也出現在我們的面前？

是在監視我們嗎？

「我也猜不透理由是什麼。但水屑也好，安倍晴明也好，應該從千年前起，就是為了某種目的而展開所有行動。」

「嗯，或許就是你說的這樣，他們心中有我們也不曉得的目的。」

這一點就算親自詢問本人，他們也不會透露半分吧……

只是，我明白了一件事。

晴明出現在我們眼前時，真紀那震驚又慌張的反應。

兩人之間我無從理解的微妙氣氛。

大概就是由於他們曾在淺草賭命對戰過，才形成的吧。

我不知道這層關係，還懷疑真紀。

我一點都不明白，她心中憎恨的火焰所代表的意義。

「雖然晴明跟水屑都令我不太放心，但對水屑，我們這邊已經有在防備了，而晴明那裡也有鵺大人在。最讓我擔心的還是，過去結下的梁子跟仇恨，會不會報應在現在的真紀身上。」

「……你的意思是除了水屑跟晴明以外，其他大妖怪也會展開行動嗎？」

「這一點我不確定，但不能不提防。而就算我們提防著，資訊不足根本沒辦法擬定對策。沒錯……資訊不足這一點是最棘手的。」

真的，這一點也正如阿水所言。

「我一定要保護真紀。可是……」

話說回來，茨姬會變成惡妖，一心報仇、追尋酒吞童子首級的下落，源頭就出在我身上。

如果她現在仍置身於那些業報之中，那我想要將糾纏住她的一切，一個、一個解開。

可是，我不曉得該怎麼做。除了在衝著我們來的威脅逼近眼前時出手防衛以外，還有沒有其他辦法呢？更別提我連我自己的「謊言」是什麼，都還不曉得呢。

我忍不住「唉」地嘆了口氣，扯開嘴角嘲笑自己的無能為力。

「夫婦應該要是最了解彼此的人，結果我比誰都不清楚真紀的事。有時候這讓我覺得很慚愧……我真的是酒吞童子嗎？當然我應該真的是沒錯，可是偶爾也會突然懷疑起來。我真的曾經是一位就連死後，都能讓為數眾多的妖怪追尋不已，了不起的存在嗎？茨姬才更符合大妖怪的名聲吧。」

「哈哈哈，說什麼傻話～」

阿水拍著大腿笑了起來。

「不要講這種沒志氣的話啦，馨。雖然由我來講也是滿奇怪的，但你只要按照原本的模樣，一直陪在真紀的身旁就夠了。不可以迷失自我，拋下她喔。我不允許那種事情發生。」

「阿水，你……」

「你就是酒吞童子大人。是茨姬大人深愛無比，令人憎恨的男人……妖怪之王。」

阿水說這些話時，向我展露比平常更加可靠的笑容。

「除了茨姬大人，能夠證明這件事的還有我、虎和熊，甚至影兒跟木羅羅也是。只有凜可能到現在還沒認同你，但總而言之，你有很多夥伴，而且都聚集在淺草這裡，你可別忘了。」

這隻水蛇難得會講好聽話。

這個男人原本也曾是覬覦茨姬性命、絲毫不能信賴的妖怪，但現在卻是茨姬的長男眷屬，比任何人都為她著想。

為了讓茨姬過得幸福，他盡心守護一切，不光是茨姬本人而已，還包括了圍繞在她身邊的環境、人物。肯定，我也算在裡頭。

正因如此，即使他偶爾會惹人生氣，我仍舊十分信任他，會像這樣私下來問他話。簡而言之，仰賴著他。

「對了，既然提到凜，有件事我要先講在前頭……」

「凜音？」

對阿水而言，凜音是他的弟弟眷屬。

提到他的名字，阿水表情轉為凝重，雙手在胸前交叉，低聲說道：

「只有那孩子，我有點擔心。」

「凜音怎麼了嗎？」

「從以前開始，他只要碰到茨姬大人的事，就會不顧一切，連危險的地方也能滿不在乎地跑去。」

阿水突然露出透著一絲憂傷的苦笑，接著……

「畢竟只有他是來真的。嗯，我想酒吞童子大人不可能不曉得，所以才講出來。」

「……來真的嗎？嗯，我曉得呀。」

我不會說我不曉得那個男人所懷抱的心情。

確實他，只有他，跟茨姬的其他眷屬略有不同。

儘管如此，過去他也不曾勉強茨姬接受自己的心情，或是奢求回報……

「跟非常有自知之明的菁英眷屬我、小鬼頭影兒，還有像媽媽一樣傾注關愛的木羅羅相比，只有他不同。因此，雖然他不太聽茨姬大人的話，但行動時總是替她著想。做出惹人厭的舉動，或那些會弄髒自己的手、痛苦的事，他都會搶第一個去做。不過他並不打算讓茨姬知道。千年前就是如此，現在也不曾改變。真可憐，明明那份心情一定無法獲得回報的。」

「……」

「正因如此，我才擔心。不曉得他現在在想些什麼？正在做些什麼？希望他沒做些會自取滅亡的事才好……」

「我好驚訝喔。以前都不曉得你們感情有這麼好。」

「哈哈，就算他很難搞，也是我的弟弟眷屬呀。雖然剛遇見時，他真的是個令人恨得牙癢癢的小鬼沒錯。一回過神來，就長成銀髮美男子了呀。」

「……這倒是，一開始我也只覺得他是個小鬼頭。」

千年前，眷屬裡頭，只有凜音的年紀比茨姬還小。

那個小鬼頭，是日本自古以來的吸血鬼一族最後的倖存者，那雙黯淡的目光彷彿在訴說自己不相信任何人一般。即使來到大江山，他也好一陣子沒辦法融入環境。

「而且，如果凜出了什麼事，真紀會傷心吧？我的想法是，至少在你們夫婦倆活著的期間，我們眷屬也必須要好好活著呢。」

「你……真的是，考慮得很周全耶。」

「剛剛說過啦，我可是菁英眷屬。」

阿水說這些話的語氣很輕鬆，但我明白他是打從心底盼望真紀能過得幸福。

就如同守護著她的生命一般，也不願她因任何事而難過，不捨她失去重要的人。

這男人看起來吊兒郎當，但這種細微之處倒是想得非常周全。他好像自封菁英眷屬，不過他身為一位眷屬，確實擁有穩如磐石的信念。

「原來如此，你的想法我明白了，凜音的事我也會多留意。」

因此，他所擔心的事，我也願意分擔。

畢竟凜音也曾經讓我明白非常重要的事。

揮別阿水，去附近的便利商店打完工後，我猶豫著不曉得要買什麼食物回家。

「關根的燒賣嗎？嗯，還是買虎軒的香蕉煎餃好了，之前真紀好像說過她想吃。」

今天瞞著真紀，背地裡向阿水打聽有關大魔緣茨木童子的往事。

我心裡總覺得有罪惡感，便去位在雷門街上、名叫虎軒淺草的熱門煎餃店，外帶了兩人份招牌菜色的香蕉煎餃。每個煎餃的體積都相當大，形狀又長得像香蕉，一直到前陣子，真紀好像都還以為裡面真的有包香蕉。

正當我想快點回去，走在商店街上的時候。

「喔，電話。」

發現手機響了，就從包包裡掏出手機。咦？有好幾通未接來電？

「爸？」

我很驚訝，居然是住在遠處的爸爸打電話來。

『馨，最近好嗎？』

我慌忙接起電話，耳裡傳來爸爸熟悉的聲音。

「嗯，好是好啦，不過……是有什麼大事嗎？你打了好多通電話給我。」

『那個呀，你記得外公嗎？』

「……外公？」

爸爸說外公因病過世了，消息是媽媽那邊的親戚聯絡他的。

喪禮已經結束了，但七七四十九日的法會剛好落在五月初的黃金週連假，對方請擁有監護權的爸爸來問我能不能去一趟。

「這樣呀，外公過世了呀……」

媽媽的老家在九州的大分縣，位在超級偏僻鄉下的深山裡。

小學畢業之前，我也去過那裡幾次，不過後來就再也沒去過了。

外公愛好閱讀，沉默寡言，但印象中每次我去玩時，他都會給我果汁、日式甜饅頭跟零用錢，偶爾還會跟幾個孫子一起玩撲克牌。

聽到他的死訊，雖然有點震驚，可是由於一直滿疏遠的，我連一丁點悲傷的感覺都沒有。外公，對不起……

『你現在是準考生，他們也有說不用勉強沒關係。只是，外公快去世前好像有提到想看看你，畢竟你是長孫嘛。如果你想去，我是覺得沒關係，見到你媽也……』

「……」

對耶。去那裡，也就代表著會遇到媽媽。

這一年來，我跟她既沒碰面，也從來沒有聯絡。

「我知道了，我要想一下，不過……」

要把真紀一個人丟在淺草，我不放心。

最近真紀的周遭不太平靜，就算眷屬們都在，但我還是……

大概是因為我欲言又止的，爸爸有所察覺，便說：

『我說呀，平常也不太有機會去九州，機會難得，不如你就帶茨木一起去好了。鄉下很不錯喔，旅費我也幫你們出。』

「咦？」

爸爸居然提出這麼驚人的方案。

「可是……這又不關真紀的事，她肯定不會想去鄉下的法會啦。話說起來，你為什麼突然提出這麼優惠的方案……原來你是這種人嗎？」

實在太過出乎意料，我不禁感到有些困惑，然而爸爸卻爽朗地哈哈大笑。

『那當然是因為你一直受人家照顧呀。兒子未來的老婆，怎麼能不好好愛屋及烏一下。』

「……啊？」

爸爸是撞到腦袋了嗎……

不過我開始認為，這個提議或許真的不壞。

我想起某件應該會讓真紀高興的事。這樣說起來，在那邊的鄉下，有一種東京很難吃到的特殊食物……

「嗯，說的也是。那我還是帶真紀一起去好了。」

『呵呵，我曉得了。』

「爸，你笑什麼呀？」

『我笑……你呀，雖然是我跟你媽生的，腦中卻只有女朋友耶。』

「什、什麼女朋友，還不——」

不對，已經是女朋友了，貨真價實的女朋友。

我清了清喉嚨，想要隨口蒙混過去。

「反正這件事就這樣啦，你要跟媽媽家的人說清楚喔。」

『嗯，我知道啦。我也不想讓茨木待得不自在。』

「……話說爸爸，你最近好嗎？」

『我嗎？我呀，嗯，還過得去囉。』

「如果你有考慮再婚，不用顧慮我喔。」

『……真是的，你還是這副德性耶。』

爸爸又在電話另一頭低聲笑了起來。

一直到不久之前，我跟爸爸連這種閒聊都不曾有過。

是大家分開以後才開始的吧？偶爾爸爸會打電話來問一下我的情況。是雙方都有些餘裕了嗎？好像……終於開始能有一些像是父子的對話了。

『晚安啦，馨。』

「嗯，爸，你也是。」

不過，那之後媽媽過得如何，我完全不曉得。

一方面是因為監護權在爸爸手上，但也是由於她完全沒有要跟我聯繫的意思。

我依然緊握剛才跟爸爸講電話的手機，凝視著旁邊咖啡廳窗戶玻璃倒映出的，自己的臉。

「……她討厭我的『眼睛』。」

這雙眼睛。連妖怪都看得見、彷彿有所覺悟的這雙眼睛，媽媽很討厭。

是從什麼時候開始的呢？到底是什麼那樣惹她嫌呢？

每次她都怒吼著「我討厭你的眼睛」，或是喊著「不要看我」。

「她現在還是討厭我嗎？」

下次的法會就會碰頭。彼此肯定都避不開。

我該拿什麼態度去面對媽媽才好呢？

第二章 傳說的祕境（一）

「咦？要我跟你一起去你媽媽老家的法會？」

那是晚飯時的事。

正當我張開大口，將麵皮偏厚、富有嚼勁的大顆香蕉煎餃塞進嘴巴裡，吃得不亦樂乎時，馨開口拜託我這件事。

「馨，你媽媽的老家，我記得是九州的……大分吧？」

「嗯。從東京去很遠，所以我也不會勉強妳，畢竟整個黃金週都會耗在那裡了。」

「比起這個，我這種外人去參加法會好嗎？你過世的外公，我連見都沒見過耶。」

「我爸說沒關係，而且還說要幫我們出旅費。」

「……」

我再夾起一個煎餃，送入口中嚼了起來，才擰起眉間稍微思考片刻。

老實說，我擔心馨。

「我知道了。好，我也去吧。」

「咦？真的嗎？」

「不是你自己提議的？怎麼還一臉那麼驚訝的表情啦。」

馨停下筷子，神情略帶憂慮地望著我。

「因為妳平常不會答應這種事吧。鄉下的法會跟都市簡單的法會不同，很多鄰居跟親戚都會來，妳不是很怕生嗎？到時應該會很緊張，搞不好還會被捉弄。」

馨的意見非常有道理。我面對妖怪時輕鬆自在又霸氣，可是一旦面對人類，就會像剛到新環境的小貓一樣害羞文靜。

「我當然也是會緊張啦……但你都這樣問我了，就表示你一個人回鄉下會不安呀。」

「才、才沒有！我是擔心黃金週我不在，妳可能會很寂寞啦！」

砰。馨將裝著麥茶的茶杯放回桌面，莫名害臊起來。

另一方面，小麻糬從剛剛開始就一直拿叉子想要叉起小番茄，正陷入一番苦戰中。小番茄都從盤子上飛出去了，我只好趕緊撿回來，再送到小麻糬嘴邊給他。

小麻糬每次啄番茄時，番茄汁液都會四處亂噴。

「淺草有阿水、影兒跟木羅羅在，還有阿熊跟阿虎，我沒有什麼好寂寞的呀？而且小麻糬也會陪我呢～」

「噗咿喔～」

「哼。那妳就跟眷屬們一起待在淺草就好啦。」

馨一邊喝味噌湯一邊賭氣地說。

「啊哈哈，馨，不要生氣嘛。我不是說會去了嗎？我們是沒錢的窮學生，既然你爸爸要出錢讓我們去九州旅行，這是天上掉下來的好事呀。說到大分，我只有還是小學生時，你常送我香橙法蘭酥當土產的印象耶。」

「……對耶，當時很常買那個。畢竟大分的香橙產量是日本第一呢——」

話題差點偏掉，馨便清清喉嚨。

「大分呀，可是源泉數量日本第一的溫泉縣，像是別府溫泉、由布院溫泉，這些應該就連妳都有聽過吧？」

「嗯，嗯，有聽過。」

「但我媽老家的鄉下不是溫泉鄉，什麼都沒有。不是山，就是河跟田，再來就沒了。」

「哇——到處都是大自然耶。」

我開朗地回應，內心卻因某件事而不安。

在那場法會中，馨肯定會相隔一年跟媽媽再度碰頭吧。

一年前他爸媽離婚的那場騷動之後，我知道他跟爸爸還滿常聯絡的，但馨從來沒向我提過他跟媽媽的互動。應該說，他們幾乎沒有互動吧？

為什麼事到如今會突然叫馨去參加法會呢？我不懂。

馨的表情雖然一派輕鬆，但他對家人的情感，特別是對媽媽的情感，非常複雜。

對酒吞童子……還有馨來說，「母親」是極為重要的存在。

那個鬼也是，成長過程中沒辦法獲得絲毫母愛的關懷，是一個遭到嫌惡的鬼。甚至這輩子也遭媽媽討厭，全家四分五裂。我想，馨認為這件事是自己的錯。是自己的存在，讓情況惡化至此的。

可是，家人就是家人。有的時候，暫時分開一陣子，讓各自有空間去重新審視自己，然後才終於能夠如常對話，這也是有可能的不是嗎？

特別是對現在的馨來說，酒吞童子以外的連結和羈絆很重要。

我也想要跟著，將那些如同拼圖碎片組成馨的事物，毫無遺漏地全撿起，跟馨一起面對。

因為當時，我只能眼睜睜看著他們一家人逐漸分崩離析。

今年的黃金週剛好跟學校的創立紀念日和補假接在一起，我們學校總共連放九天假。

連假的第一天，我們就啟程前往大分了。

我們曾猶豫過是否要帶小麻糬去，但由理說只要化身為「企鵝寶寶的布偶」就好了，還幫忙特訓小麻糬學習那個術法。好不容易才趕上黃金週，於是我們便連小麻糬都一起帶出門了。

出發囉！從東京淺草，前往九州大分。

淺草的好處就是，只要搭都營地下鐵淺草線開往羽田機場的車，就可以直接抵達羽田機場，不用轉車。

我幾乎沒來過機場，傻傻杵在羽田機場的寬廣航廈中，不曉得下一步該做什麼才好，全都仰賴老公大人拖著我完成登機手續和行李託運。

「欸，小麻糬要算什麼呀？寵物嗎？一定要當作寵物託運嗎？」

「不用，這傢伙現在是布偶啦。小麻糬，你聽好，要乖乖的喔。由理教你喬裝成布偶的訣竅，你應該都掌握住了，你一定能辦到……」

「噗咿喔～」

小麻糬從馨的背包探出那張傻乎乎的臉，應了一聲。

他雖然是妖怪，但只要喬裝成企鵝寶寶時，一般人也可以隨時理所當然地「看見」他呢。他是月鶇的時候，大家卻又「看不見」，真不可思議。

我還想說小麻糬大概會緊張到在背包裡僵硬地顫抖吧，結果看起來卻跟平常沒什麼兩樣，只是喬裝成表面有縫線、身軀柔軟的企鵝寶寶布偶。

「哎呀，真可愛～像是水族館會賣的周邊商品。」

「問題是隨身行李檢查了。」

我們打算將小麻糬放在包包裡帶上飛機。他外表看來就像是布偶，就連隨身行李檢查也順利過關。太厲害了。

我們終於放下心來，到機場裡的小賣店買機場便當，準備要登機了。

上次搭飛機已經是小學時，跟爸媽去北海道旅行那次了。

「啊、啊啊、好晃喔、天啊真的好晃喔，馨！還喀噠喀噠地響！」

「妳、妳冷靜點。起飛跟衝進雲層時本來就會晃啦。不會掉下去的啦。」

「你不要講掉下去這種不吉利的話啦。咦？耳朵好像有點痛……」

「因為氣壓變化的關係啦，妳吞個口水，或是打個呵欠。」

相隔許久的搭飛機體驗讓我們兩個都嚇壞了，方寸大亂。

等回過神來才發現，兩人出汗的手已經緊緊握在一起。啊，我們上輩子是大妖怪夫婦。

等到飛機穿出雲層上方，機身的晃動就平穩下來，窗外是整片蔚藍的天空。

「唔、唔哇啊啊啊啊～」

我像小朋友一樣緊緊貼到窗戶上，興奮地望著難得有機會看見的天空上方的景色。

正下方是無邊無際的整片雲海。

小時候我還想過，真想摸摸那些雲，在上面走路。

「喂，妳現在就要打開便當喔？」

「我肚子快餓死了，出門前早餐又吃得很早。」

這次買的機場便當是「若廣的鯖魚壽司」跟「天之屋的雞蛋三明治」，這兩樣都是機場便當中的熱門菜色。

「就是這個鯖魚壽司，我在電視上看過以後，就一直想要吃吃看了。」

「裡面有放紫蘇跟糖醋漬薑片，絕對很好吃。」

在機場便當中穩居高人氣，若廣的鯖魚壽司。

壽司切好後用保鮮膜包起來，擺在盒子裡。脂肪豐富的烤鯖魚肉厚油豐，鯖魚和醋飯中間夾的糖醋漬薑片跟紫蘇發揮了清爽的畫龍點睛之效。這實在太好吃了，就連醋飯也鬆軟可口。

「但缺點就是手上會沾到鯖魚的油味耶。」

「鯖魚的脂肪為什麼這麼容易黏在手上呀……」

但沒關係，便當有附溼紙巾。

小麻糬待在腳邊的包包裡，一直從縫隙盯著我們。所以我裝作要從包包裡拿東西，悄悄將雞蛋三明治遞給他。

天之屋的這個雞蛋三明治，一口咬下，煎蛋裡的高湯就會滲出來。美乃滋跟黃芥末的組合微微嗆鼻，味道紮實，有飽足感。小麻糬似乎也愛上了，還偷偷從包包裡伸出手來。我觀察周遭情況，趕緊又拿了一塊給他。

享用完美味的食物，就想要睡覺。

這是人類無可救藥的本能。

難得有機會在飛機上聽音樂、看電影，結果我卻靠在馨的肩膀上呼呼大睡。等我醒來，已經抵達福岡機場了。

馨的外公外婆家，好像從福岡機場比從大分機場過去要更近。

「喔喔喔，第一次踏上九州！我好像都要聞到豚骨拉麵的香氣了。」

「我們沒有時間在福岡停留，豚骨拉麵以後再吃吧。是說回程時如果有空檔，可以再找家店吃一下就是了。還有，妳的頭髮亂七八糟的。」

「咦？」

這次因為要跟馨的親戚碰面，我還特地把頭髮整理得漂漂亮亮的，結果睡著時不小心弄亂了。我暗叫不好，趕緊去化妝室重新打理外貌。

「……好了。」

我重新燃起幹勁。

這次要去馨的親戚家叨擾，我要注意別失態，要討大家喜歡，還不能吃太多嚇到人家……希望不會破功呀……

從博多車站搭特急列車，乘坐對號座位優雅地前往大分，一轉眼就進到山中。

對於在東京淺草長大的我而言，光想到這裡是九州，就感覺來到了遙遠的土地，而大分的深山更是一個未知的世界……

「妳看到這種景色應該也曉得了吧。我媽的老家是在超級偏僻的深山裡，講好聽點是附近大自然環繞，但對於在城市長大的我們來說，那裡相當不方便喔。」

「不是挺好的嗎？山峰在遠處連綿不絕的景色，東京可是很難看到，偶爾望著自然風景放鬆悠閒一下也不錯呀。」

「放鬆悠閒一下嗎？有可能嗎……」

馨的表情隱隱透著幾分緊張，他眼睛下方的黑眼圈也讓人有點在意。

「你最近是不是都沒睡好？在飛機上好像也都醒著……要跟媽媽碰面，很擔心嗎？」

馨單手抵著臉頰，沉默了片刻，才呵地苦笑一聲。

「……果然，還是瞞不過真紀大人呀。」

這個男人出人意表地相當纖細，一旦有煩心的事就會失眠。從以前就是這樣。

「馨，看我這邊。」

「嗯？」

我毫無預警地將馨緥緊的雙頰往兩旁拉長。

「痛痛痛痛。幹、幹什麼啦！」

「不會有事的。你身邊有我在呀。」

我凝視著他的眼睛，肯定地說。

「那個家、還有你媽媽，一定都會開朗迎接你的。」

「……真紀。」

我在馨的臉上拉出一個大大的笑臉，再輕輕地鬆開手。

至少這次，我想要扮演好馨可靠的伴侶，還有妻子。

「啊，對了。今天晚上你抱著小麻糬睡好了。雖然高中男生抱著布偶睡覺有點那個，但有助安眠喔。」

坐在我大腿上的小麻糬，「噗咿喔」地輕輕應了一聲。

馨噗嗤笑了出來，緊張的心情似乎也稍稍獲得緩解，低聲說「說不定是個好主意耶」。

我們在特急列車中暫時度過了一段沉靜的時光，半路再轉乘竟然只有一節車廂、各站都停的慢車，又繼續在五月綠意優美的山中搖搖晃晃地前行。

最後，在位於大分中西部深山裡的小巧車站下車。

那裡是天日羽町。

全區都是山，城鎮位於盆地，四周環繞著形狀宛如砍平樹根般的台地。

車站立著一塊看板，上頭寫著「傳說的祕境——天日羽」，還畫有大名鼎鼎的桃太郎、金太郎、鬼及河童等童話傳說人物。

一走出車站，一望無際的田園風光就映入眼簾。

「唔哇啊啊……這邊、那邊，全都是田耶。」

青綠色的秧苗排得十分整齊，看起來才剛插完秧。

田中水面映照出環繞田地及城鎮、宛如城壁般的山巒，還有藍天。這樣的景色在東京根本看不到，我甚至有些感動起來。

道路鋪得十分平整，卻只有零星幾輛車駛過。

正是閒散鄉村的午後寫照。

「啊……鯉魚旗。」

還有一個東西非常引人注目，就是掛在民宅上的大面鯉魚旗。

「這樣說起來，快到兒童節(註1)……端午節了呢。」

「是因為這邊是鄉下，才能掛這麼大面的鯉魚旗。我出生時，外公好像也買了超大面的鯉魚旗來掛。畢竟對過世的外公來說，我可是長孫呀。」

我瞥向馨抬頭望著鯉魚旗的側臉。

這種事情記得可真清楚呀。馨這個人。

鄉下沒有電線杆會擋住鯉魚旗，色彩繽紛的魚身在鄉村風景中，力道強勁地翻騰著。

唰啦唰啦……唰啦唰啦……

除了旋轉的風車，色彩繽紛的風向袋，黑色的爸爸鯉魚旗，紅色的媽媽鯉魚旗，藍色的小孩鯉魚旗，周遭一個人也沒有。好安靜。

「噗咿喔？噗咿喔～？」

「啊，我們家的小男孩起床啦。」

剛剛一直在睡的小麻糬醒了，從包包探出臉來。

他吸吸鼻子，嗅聞這裡的氣息，對陌生的景色及風中氣味歪過頭，微微顫抖起來。這裡對小麻糬來說，是從未見過的場所。

「小麻糬，你還好嗎？待會兒給你喝柳橙汁喔。」

「噗、噗咿喔……」

小麻糬因陌生的土地而感到驚懼。

可是，在空中翻滾的鯉魚旗似乎深得他的歡心，他全身縮在包包裡，只露出眼睛，目不轉睛地仰頭望著在空中飄揚的鯉魚旗。

馨說他外公外婆的家，從車站徒步就能走到。

不過外婆在馨出生前就已經過世了，外公也在上個月撒手人寰。

現在是馨的舅舅在打理這個家，只有馨的媽媽雅子阿姨住在裡頭。

「不曉得阿姨現在在這兒做什麼呀。」

「聽說是在安養院當看護助手。我不太能想像她工作的樣子，真的做得來嗎……」

馨的語調雖然冷淡，但看來他還是相當關心自己母親的近況。

我們走在一條安靜的街道上，兩旁是整排有鋪瓦屋頂的古老民宅。

街道上零星散布著陳舊的小賣店、看不出來還有沒有在營業的雜貨店、堆滿木材的小工廠等。但就連白天也靜悄悄的，越是向前走，越看不到人影。

不知道為什麼，路上到處都擺著身形渾圓無曲線的地藏像。

註1：日本的兒童節是五月五日，跟端午節同一天。

「？」

仔細一瞧，最頂端畫著臉，有的笑、有的哭、有的憤怒，每一尊都面朝天空仰著頭，雙手合掌，並且眼角有著如同淚水般的痕跡，顯得十分詭異。

我雖然有點在意，卻又沒有特別想問什麼，便繼續跟著馨往前走。

啊啊。有點緊張起來了。就算我將來會成為馨的妻子，但現在只是女朋友而已。

而且馨他媽媽的老家——朝倉家，還是擁有長長圍牆環繞的古老日本家屋……

「欸、欸，你外公家怎麼這麼大間呀。」

「朝倉家以前好像是這一帶的地主。」

「我怎麼沒聽說過這件事！」

「因為我沒講呀。」

馨的反應波瀾不驚。

家門前貼著寫有「忌中」的白紙，有幾位鄰居進進出出。

我跟馨一踏進那扇門裡，就有許多不認識的人將視線轉向我們。

難得看到年輕人耶……是哪家的親戚呀……就是雅子那邊的……

竊竊私語的交談聲傳了過來。

我們微微垂下頭，直接穿過那裡。

「明明還是四十九日法會的前一天，但有好多人來喔。」

「來幫忙準備工作的吧。這一帶的喪禮跟法會都在家裡辦，甚至連專用的房間都有。」

「咦？在家裡辦嗎？」

我是曾經聽過，都市跟鄉下辦喪禮及法會的方式不同……

倏地，我想起了爸媽的喪禮和法會。

爸媽那時是租了個禮堂，只有親朋好友參加，辦得簡單隆重。

我們沒有從玄關進去，而是繞到後方。那兒都是田，有條通往更遠處田園地帶的坡道，在腹地內長長延伸著。

隔壁鄰居，還有再隔壁的鄰居，全都是務農人家，因此家屋結構都很相似。大致上都是玄關面朝街道，而後門可以直接通往田地。

一位戴著眼鏡的瘦削中年男子，坐在擺在後門旁的椅子上，正在喝罐裝咖啡。

「咦？你是馨嗎？」

他一注意到馨，立刻展露微笑站起身。

「午安，秋嗣舅舅。」

「馨，你跑這麼遠來真是辛苦了。唔哇，你長好高了喔～以前我就一直認為你肯定會長成一個大帥哥，沒想到比我預料的還帥。我們家那些小女生肯定會很興奮……你在這種鄉下應該非常引人注目吧？」

「沒耶，從車站過來一路上都沒有遇到人。啊，在玄關時有經過幾個人就是了。啊哈哈。」

馨有禮地笑道。在難得碰面的親戚面前，就連馨也會寒暄幾句呀。

馨他媽媽這邊的親戚秋嗣舅舅，注意到馨身後縮起身子的我。

「這位就是傳聞中的女朋友？」

「你、你好，我叫作茨木真紀。」

我立刻低頭致意。不能對馨的親戚沒有禮貌……

「妳好，我的名字是朝倉秋嗣，是馨的舅舅。崇有跟我說過你們的事，真是一對俊男美女耶。還有種大都會的氣質～」

秋嗣舅舅一臉稀奇地打量並排站著的我們。對了，崇是馨的爸爸。

「看到你們來，外公肯定也會很高興喔。終於看到馨帶媳婦回家了。你們這對年輕夫妻，特地跑這麼遠過來，真是感謝。」

「那、那個，應該的！」

「是說，我們還沒結婚啦……」

接著，三人同時低頭致意。

我身為外人，一直有點緊繃。幸好叫馨回來的秋嗣舅舅看來個性爽朗，我稍微鬆了口氣。

「那你們先從這邊進去客房放行李。馨，你知道在哪裡吧？法會雖然是明天，但今天也會有些人進進出出的，別太在意喔。」

「我知道了。」

馨跟我在後門脫鞋，踏入屋內。

磁磚圖樣的地板似乎是橡膠材質，簡直就像是昭和年代的廚房一樣。

還有陳舊的餐具櫃及桌子，我們就從那兒穿過簷廊，往裡頭的房間走去。

滴答滴答、滴答滴答……

太安靜了，不曉得從哪裡傳來古老時鐘指針轉動的聲響，顯得十分清晰。

簷廊非常老舊，一踏上去就會吱軋作響，表面也有許多傷痕。

我幾乎沒去過爺爺奶奶家，但這裡讓人內心莫名地沉靜，可以感受到老房子獨特的氣味。

馨還是略微緊張，但他在結構如迷宮般複雜的這間屋子內行走時，並沒有絲毫遲疑。他上次來都已經是小學時的事了，居然到現在還記得這麼清楚。

「！」

突然，我們在轉角遇見一個人。

「啊啊……你真的來了呀。」

那個人語氣平淡地這麼說。馨的表情略顯僵硬。

一切令人措手不及。那是馨的媽媽，朝倉雅子女士。

她的棕色長髮顏色比以前略深，臉色相較於過去在東京時略顯憔悴，而她站在馨的面前，表情也顯得僵硬。我覺得那表情並沒有帶著嫌惡……

「爸爸打電話給我。我打算在這邊待到兒童節。」

「……這樣呀。」

親子間的對話十分淡然，反倒是我緊張起來。

「這裡什麼都沒有，年輕人可能會覺得很無聊。」

雅子阿姨只說出這句話，就從我們旁邊離去，同時對我輕輕點頭致意。接著……

「真紀也是，謝謝妳來。」

她低聲說。

「是說這間屋子有夠大耶，感覺跟津場木茜他家差不多了。」

「畢竟是只有一層樓高的平房呀。」

「哎呀，平房不是很好嗎？東京都是細長型的獨棟房屋，所以我很嚮往平房喔。」

「在東京，跟鄰居的緊密程度也不是普通高呢。」

我們剛好走到能從窗戶望見中庭的地方，我正驚嘆中庭裡爬滿青苔的添水（註2）好有情調時，突然察覺到正前方有道銳利的視線，猛然抬起頭。

「……」

在朝倉家裡，還有一棟與主屋不相連的別館。

在那棟別館的簷廊上，有位駝著背的老婆婆，正靜靜地瞧往這個方向。

這個家裡的外婆？

但我記得馨的外婆應該多年前就過世了才對。

「欸，馨，那棟別館……」

我伸手去拉馨的外套時，老婆婆迅速往裡面走去。

「咦？我剛剛好像有看到一位老婆婆。」

「啊，那間屋子租給別人了，一直有位不是我們家的老婆婆住在裡頭。不過我也很少碰見她，外公都叫我別去那棟別館。」

「這樣呀。」

原來還可以這樣呀，將家裡的別館租給別人。

馨似乎想起往事，將手抵在下巴，抬頭望向天花板。

「其實，我小時候一直覺得，那個老婆婆應該是妖怪那一類喔。」

「嗯？你這樣很沒禮貌耶。」

「也是啦。不過這間屋子裡……也是，有一些啦。」

線香的氣味飄了過來。

馨探頭看了一下佛堂裡頭後說「趁現在沒人，我們趕快來拜一下吧」，就將行李擺在走廊盡

註2：日式庭園中，利用流水使竹筒敲擊石頭發出聲音的一種景觀設計。

頭，走到佛壇前坐下。

拉門門框上掛著祖先的照片，在最旁邊，也有馨他外公的照片。那略顯神經質的神情，讓我忍不住在內心感嘆「啊啊，原來如此」。

「啊……」

祖先照片的正下方，靜靜坐著一隻少見的妖怪。

黑髮妹妹頭，身穿紅色短外褂的女孩子。

沒錯，她正是大名鼎鼎的妖怪「座敷童子」。

她獨自玩著翻花繩，同時沉默地觀察我們。

「馨、馨。」我拉住馨的上衣下襬。

「我剛剛不是才說了，就有一些呀。她算是定居在這個家裡的守護神。」

「啊，逃走了。」

那個座敷童子小女生，在我找她搭話之前，就無聲無息地消失了。地上只留下她剛剛拿來玩翻花繩的紅線，一圈圈散落著。

有座敷童子定居，就表示這個家過去真的曾是十分興旺的大戶人家。因為座敷童子是會替自己定居的家裡帶來財富的妖怪。

我從紙袋中取出事先去龜十買好，要當作供品的最中，讓馨供奉在佛像前。等他拜完，再換我上前致意。

噹……

在靜謐的榻榻米空間中，線香白煙的幽香冉冉飄動，敲響銅缽的聲音迴蕩著。

對馨來說，各位祖先是除了上輩子之外，與他血脈相連的存在。

請你們守護馨，讓他免於往後可能降臨的許多災厄。

距離客廳有段距離的地方，有好幾間以拉門隔開的樸素和室並排著。擁有廣大平房的朝倉家，過去似乎也曾經營過民宿，供專門修建神社佛閣的木匠及來打零工的人士暫住。

「但就真的存在呀！莉子我看到了！」

「妳還在講那件事喔？怎麼可能有啦，什麼穿著紅色短外褂的小女孩。」

在前方和室裡，一個水手服打扮的女生跟另一個穿著幼稚園罩衫的小女孩，正在爭執。

從簷廊走來的我們不小心撞見這一幕，水手服女生發現我們的目光，就「哇啊」地驚叫。

「啊啊，妳們是小希跟莉子吧？好久不見，妳們長大了耶。」

看來馨見過這兩人。

目測為國中生年紀的是小希，幼稚園生則是莉子吧？

「好、好久不見了，馨哥哥！快點，莉子妳也打個招呼。」

「姊姊，他就是妳剛才說的帥氣表哥嗎？」

「莉、莉子！」

國中生小希漲紅了臉，一把拉起莉子，就往客廳方向走去。

四周又安靜了下來。

「這對姊妹是秋嗣舅舅的小孩，我的表妹。」

在我提出疑問之前，馨就開口說明。

「那個叫作莉子的小朋友，好像有看到身穿紅色短外褂的小女孩，該不會是剛剛在佛堂裡的座敷童子吧？」

「……可能是吧。那種年紀的小孩感應力很強，偶爾會看得見。尤其座敷童子又是小朋友容易看見的妖怪。」

不過如果是座敷童子，對她們應該沒有危險性。因此我跟馨都沒有特別放在心上。

「欸，這間好像是要給妳睡的房間，妳就隨意吧。」

我的房間剛好在馨的表妹們隔壁。

「馨，你呢？我跟你不同房間嗎？」

「廢話。總比讓別人產生奇怪的疑心好吧？」

「哪裡奇怪呀。我們明明就是健全的夫婦！」

馨傻眼地說道，但我猛烈抗議。

「還不是夫婦。如果是真正的夫婦，就算同一間房也沒問題。」

「我不在，你不就沒辦法安心睡覺了嗎！」

「……妳在說什麼呀。放心啦，麻糬糬會跟我一起睡。對吧？」

馨一放下包包，小麻糬就「噗咿喔」地叫了，探出頭來左右甩來甩去，要求馨爸爸抱他。

沒錯。小麻糬也跟馨約好要一起睡了。妖怪非常重視約定。意思就是，我在這間屋子裡，必須要一個人睡了。

再次環顧這間房間，陌生的房屋裡的陌生的房間。我吞了一口口水。

「怎、怎麼辦？我得一個人睡在這房間嗎……絕對會有那個跑出來啦。」

「什麼會有那個跑出來啦，妳真是的。這個家裡確實是有幾隻鄉下特有的妖怪，但我可沒見過幽靈。雖然牆壁上的汙垢，看起來也是有點像一張苦悶的人臉啦……」

「啊——啊——閉嘴。看起來真的越來越像了啦。」

我身為大妖怪的轉世，卻非常害怕幽靈或惡靈這類存在。

畢竟上輩子我有好多次都遭到附身，身體差一點就被搶走了！

馨看見我嚇壞的模樣，一臉不懷好意地笑了起來。

「年紀比妳還要小的小朋友們，也是自己睡在僅隔一扇拉門的隔壁房間。連愛哭的孩子見了都不敢再哭的茨木童子大妖怪，怎麼可以害怕鄉下平房啦。」

「嗚嗚嗚，好像有點道理。」

「……算了，妳到時要是真的害怕，就來我房間吧。我在最後一間。啊，妳要把自己的枕頭和棉被搬過來喔，不然妳會搶我的。」

不管怎麼說，馨還是很疼我。

當天的晚餐是在這個家裡的客廳用餐。

在場的只有秋嗣舅舅、小希跟莉子那對姊妹而已。

馨的媽媽雅子阿姨好像有工作，平常這個時間都不在家。

「全都是些鄉下菜色啦，不過你們多吃點喔。」

秋嗣舅舅說得謙虛，但寬敞的桌面上，看起來極為美味的唐揚炸雞在大盤子上堆成小山。

聽說唐揚炸雞是大分當地的特產。我很愛吃，高興得不得了。

其他還有灑上白芝麻的白味噌涼拌蒟蒻，里芋跟糯米粉糰子的湯，放滿香菇的滷菜。

剛煮好的白飯好像是從朝倉家的田裡收成的，每一顆米粒都晶瑩剔透，看起來就十分可口。旁邊擺著自家醃漬的芥菜。

這樣就已經夠豐盛了，但還有一道菜，牢牢地抓住了我的視線……

「欸，馨，是生肉耶，有生肉。」

我伸手拉了拉旁邊馨的袖子。

馨早就知道我肯定會特別注意這道菜吧，他臉上的表情十分得意。

「這是生雞肉。」

「生雞肉？」

「是鹿兒島相當出名的特產，但這一帶也可以吃到地雞的生肉。新鮮又美味喔～」

「啊啊啊啊，看起來好好吃。居然有生肉，太棒了生肉！」

「生雞肉啦。」

我因為生肉而興奮不已。在上輩子，我可是吃遍各種生肉的鬼，但人類社會中能吃到的生肉種類有限，並非隨手可得的食物。

而且這也沒有像燒霜法那樣炙烤過表面，是貨真價實的生雞肉。

我完全沒有想到可以吃到這樣的生雞肉。

「我、我開動了！」

「請吃請吃。這一帶的吃法是沾醬油跟柚子胡椒吃喔。」

我立刻按照秋嗣舅舅教的方法，吃了一塊。

「嗯～」

牙齒咬下去的瞬間，我不禁屏息。

這該怎麼形容才好呢？它的美味程度，就像是開啟了一個嶄新的世界一樣。

肉質緊實，沒有絲毫腥臭味，只有雞肉的甜味在口中化開。

有些部位彈牙，有些部位柔嫩，或者是帶著嚼勁。越咀嚼越能品嚐到地雞的美味。這種珍饈，是其他東西無法比擬的。

「好吃嗎？我就是想讓妳吃這個，才帶妳來的。」

「太棒了，馨！我完全沒想到可以吃到這麼美味的生雞肉！我以前雖然有聽說過，但九州的醬油真的很甜耶，跟柚子胡椒清爽的辣味很搭。」

「如果吃慣了關東的醬油，可能會覺得太甜。不過吃生雞肉，還是這個最搭。」

馨似乎也很期待能吃到生雞肉。

配白飯吃也很合，對愛喝酒的人來說，想必是最棒的下酒菜吧。

「哎呀～沒想到能讓妳這麼開心。我們家的女生都不太愛吃，她們喜歡唐揚炸雞。」

秋嗣舅舅十分驚訝，但看起來也很高興。

我跟馨應該有吃生肉的天分吧……

舅舅說唐揚炸雞也是在跟生雞肉同一家店裡買的，每一塊體積都很大，有無骨的，也有帶骨的，還有雞腿肉跟雞胸肉，全都混在一起。外貌就是肉店賣的唐揚炸雞，看起來好好吃。

開動。我將炸得酥香的大塊唐揚炸雞送入嘴裡，大口咬下。

地雞富有彈性的肉質，有先用醬油跟大蒜醃入味，肉的鮮甜跟肉汁越嚼就越是在口中擴散。

「大分就是有很多雞肉料理。唐揚炸雞、生雞肉、筑前煮也是。還有雞肉天婦羅、雞肉炊飯也很出名。」

「好棒喔，如果能每天吃到這麼好吃的雞肉就好了。」

雖然各種肉類我都愛，但雞肉便宜，可以放心吃很多，所以在我家也是經常端上餐桌的菜色。但淺草畢竟不是能夠吃到新鮮地雞的地方，因此聽到大分的鄉土料理居然有這麼多種，我不禁感動起來。我超愛吃雞肉的。

其實，偷偷擺在馨和我中間的包包裡，小麻糬正乖乖坐著。

美味食物的香氣在空氣中飄蕩，他頻頻暗示我們肚子餓了，因此我跟馨便一副若無其事的神態，俐落將無骨唐揚炸雞拿給小麻糬。

沒問題的。沒人注意到……

「這個『麵疙瘩豬肉湯』也是大分的鄉土料理喔。雖然是道簡樸的鄉下菜。」

秋嗣舅舅向我介紹了一種奇特的味噌湯。

「這個，我小時候媽媽偶爾會在家裡煮這種湯。」

「喔，你猜對了耶，馨。這湯就是姊姊煮的。」

馨喝了一口麵疙瘩湯，神情複雜。

我很好奇，也馬上喝了起來。用麵粉做的扁平狀麵糰煮透了，裡頭還放了里芋、紅蘿蔔、牛蒡、長蔥等食材，是配料豐富的味噌湯。

麵粉做的扁平狀麵糰，就是麵疙瘩湯的「麵疙瘩」。雖然簡樸，但湯汁略帶黏稠、滋味濃厚，是一種令人放鬆的味道。感覺是馨會喜歡的……

「好像，很久沒吃到她煮的東西了。」

馨輕聲說。秋嗣舅舅便開始向他說起雅子阿姨的事。

「我們家奶奶跟媽媽都很早就過世了，家事都是由雅子姊跟幫傭的阿姨在負責。或許這樣讓她感到很累吧？姊姊高中一畢業就立刻去東京了，看起來是很認真在工作，也結婚了，但後來好像發生了不少事，聽說她離婚前也幾乎都沒在做家事……」

「……」

「啊。不過她現在非常用心在做看護助手的工作，你可以放心。最近還為了考看護執照開始念書呢。她回到這個家以後，想對生病的爸爸盡點孝道，第一個帶頭出來照顧他。」

「……這樣呀。」

那是馨所不曉得的，母親的樣貌。

馨的神情一臉複雜，似乎有各式各樣的念頭在腦袋裡盤旋……

「我好像把氣氛弄得太嚴肅了，真不好意思。」

「不會。聽到媽媽在這邊生活得認真充實，我就可以稍微放心了。」

我想那應該是真心話。我可以感覺到，馨打從心底鬆了一口氣。

另一邊馨的表妹小希大概是知道馨的事，一語不發地小口扒著飯。妹妹莉子則將瓶裝的香橙汁大量淋在唐揚炸雞上頭，將嬌小的嘴巴張到最大，與炸雞搏鬥著。

馨顧慮她們兩人，便轉移話題。

「話說回來，妳們兩個真的長大了耶。我最後一次來這裡是小學六年級，我記得小希那時是三年級，莉子才剛出生沒多久，大概不記得我了吧。」

結果，原本一直相當沉靜的小希突然發言：

「我、我記得喔！」

她像是想要強調這一點似地，探身向前。

「以前我們有一起在河裡游泳！」

「啊啊，對耶。附近有漂亮的河流和瀑布，好像還可以露營。」

「還一起放煙火。」

「沒錯沒錯。後面的庭院一到晚上就奇暗無比，什麼都看不見，我們在那裡一邊放煙火，一邊被蚊子叮得到處都是包。好懷念呀。」

莉子沒辦法加入姊姊跟表哥的對話，露出無聊的表情。突然，她輪流看向我跟馨。

「欸欸，馨哥哥，你跟這個姊姊在交往嗎～？」

「唔……」

我剛吞下去的唐揚炸雞差點卡在喉嚨，趕緊扯出笑臉，出聲敷衍。

「啊哈哈。算、算是吧？欸，馨。」

「嗯、嗯……」

馨喝著麥茶，眼神飄向沒有人的地方。

秋嗣舅舅喝了啤酒，有些微醺，對長女小希說：

「聽雅子姊說，這兩人將來要結婚喔。」

「咦？還是高中生就已經決定要結婚了嗎！這是大都會的風格嗎？」

「不、那個，不是這樣啦。」

我跟馨都不曉得該怎麼說明這份關係，因為實在太過特殊了。

「該怎麼說呢，畢竟我們是青梅竹馬呀。」

「沒錯。一直以來都在一起，所以就說好以後也要繼續下去喔這樣。」

我們的解釋似乎沒能說服她，小希側頭說：

「我也有青梅竹馬，但跟馨哥哥你們完全不同。果然待在大都會，很多事情步調都好快呀。畢竟淺草是全日本無人不知無人不曉的大都會呢。」

這個……淺草雖然是觀光景點，但說到大都會的話，我也不得不側頭質疑了。

儘管如此，小希好似對東京非常嚮往，對這一類話題很敏感。要是她把我們當成都市人的標準，那可就糟糕啦～

「其實，崇跟我提起茨木時，我還想說學生情侶怎麼可能感情好成這樣。我就再去問雅子姊，結果她也說那兩個人應該絕對不會分開，讓我嚇了一大跳。我一直以為雅子姊是不相信永恆愛情的類型。」

「……咦？」

秋嗣舅舅的話讓我跟馨都感到相當詫異。

今天雖然沒能跟阿姨講到幾句話，但原來她是這樣看待馨跟我的關係，我之前完全不曉得。

馨也驚訝地頻頻眨著眼睛。

其實，我一直認為馨的父母不太喜歡我。

即便是現在，我依然偶爾會想，我的存在或許是促使馨他們家崩壞的契機之一。

對於不善表達情感的馨來說，上輩子的妻子，自然比這一世的爸媽更像是「家人」。

既然是曾經歷死別的前世妻子，又還擁有當時的記憶，情況很自然就變成了這樣。

叔叔跟阿姨想必有感受到這件事吧。

自家兒子從小就一直非常重視那個不知從哪裡來的小女生，他們肯定會覺得很奇怪吧。

「嗯……一個人睡在陌生的房子裡，果然會心神不寧，根本睡不著呀。」

我望著上方別人家的老舊天花板，內心總是靜不下來。

一隻小麻糬、兩隻小麻糬、三隻小麻糬……

如果數到一百隻還睡不著，那就搬枕頭和棉被溜去馨的房間，鑽進他的被窩，就這麼辦吧。

「嗚哇、嗚哇。」

但就在此刻，拉門另一側的隔壁房間裡，傳來哭泣的聲音。我反射性地跳起身，腦中數小麻糬數到第幾隻這種事，也都瞬間拋到九霄雲外了。

「怎麼了？」

不曉得發生什麼事了，我慌張拉開拉門。

小希抱著哭泣的莉子，臉色顯得相當蒼白。

「莉、莉子突然開始哭……她說有人在門的另一邊。」

接著，小希伸出顫抖的手，指向走廊那一側的拉門。

「她說看到拉門上有影子，但我什麼也沒看到。」

「……影子？」

「而且她白天也一直說有看到穿著紅色短外褂的小女生……」

「啊啊，那個大概是座敷童子。」

「咦？」

糟糕，不小心說溜嘴。太危險了。

以防萬一，我也打開拉門，察看走廊上的情況，但並沒有感到有危險，向左右張望也什麼都沒看見。

莉子說她看見的影子，或許也是那個座敷童子。

「什麼都沒有。」

「真的嗎？」

莉子執拗地說「但我看到了」。

「嗯，當然，我相信妳喔。不過沒事的，並不是壞東西喔。她肯定是想跟莉子一起玩吧。」

我安慰哭得抽抽搭搭的莉子，叫她躺進被窩裡，自己則在旁邊坐下，輕撫著她的額頭。

結果，莉子想必是哭累了，沒多久就沉沉進入夢鄉。

小希頻頻向我低聲道謝。

「謝謝……莉子最近老是睡不好，又常會講一些奇怪的話。可能也是因為媽媽住院，她覺得很寂寞。」

「這樣呀……」

座敷童子的特性就是會接近寂寞的小孩子，莉子可能就是因此才會看見她。

那個座敷童子住在這個家很久了，並不是危險的妖怪，沒有必要害怕，但人類對於未知的存在，就是不免感到恐懼，這也是沒辦法的事……

「啊啊，討厭。我也開始害怕了啦。所以我才討厭在這個家裡過夜呀！」

小希似乎渾身竄起一陣寒意，不停摩擦身體。

「妳要是害怕，不如我們開著拉門？」

「可以嗎？嗯，拜託，謝謝。」

原本兩個房間是用拉門隔開，如今那個拉門敞開著。

莉子從剛剛就睡得很安穩，但小希仍舊沒辦法從恐懼中回復，好像一直都睡不著……

「欸，真紀。」

「嗯？」

「可以聊一下天嗎？我有事情想問妳。」

她叫我，語帶顧慮地從隔壁房間向我搭話。

我也正好睡不著，就回她「隨妳問喔」。

「妳跟馨哥哥是在哪裡遇見的呀？」

原來如此，這方面的事呀。

這個年紀的小女生最喜歡聊戀愛話題了。

「幼稚園的時候，在櫻花樹下遇見的。我那時正在爬樹，馨他剛好站在正下方，我從上面摔了下來。」

「咦咦！好特殊的相遇方式呀。」

「真的是呢……」

雖然是遙遠的過往，但光是回想起當時的情況，我臉上就浮現了幾分笑意。

這倒是真的，像我們這種相遇方式，應該是絕無僅有了吧。

那時我為了拿回被妖怪偷走的帽子，正好爬到樹上。而馨看到樹上的我，喚了「茨姬」這個名字，我才會嚇一跳而跌下樹來。

雖然馨想要從正下方接住我，但對於穿著幼稚園罩衫的小朋友來說，這還是太過困難，他就這樣被我壓倒在地。

「後來你們就從那時一直交往到現在嗎？」

「嗯——如果妳指的是男女之間的交往，那是最近的事喔。不過我們一直都待在彼此的身旁，我也一直都喜歡馨。」

這對我來說是理所當然的發言，但聽在她耳裡，似乎變成了浪漫的告白。

「哇啊啊～好棒喔——」

小希在床墊上激動地扭來扭去。

「馨哥哥這種條件的男生，一定很受歡迎吧。」

「啊哈哈，是呀。老是有人向他告白。雖然馨本人覺得很麻煩。」

「他超帥的呀。什麼都會，又成熟穩重，這附近的那群男生根本和他不能比。如果去澀谷逛街，應該會被經紀公司發掘吧？」

「澀谷？澀谷呀……他不太會去澀谷耶。」

就算在淺草逛街，也根本不可能發生被經紀公司的人相中這種事。

「啊，不過呀。有位鄰居姊姊曾擅自將馨的照片跟履歷，寄到某間專門經營偶像的經紀公司，結果那陣子星探大叔追著他到處跑呢。」

「什麼！這件事我第一次聽說！不愧是馨哥哥。」

確實，即便馨十分低調，但他的長相不輸電視上的偶像跟演員。個子高挑，身材也好。

忘記是誰說過，說他是千年才出一位的美男子……

「不過他討厭受矚目，又簡直像把謙虛正直當作座右銘一樣，應該不會主動想成為藝人。」

「嘖～是喔～好吧，說的也是啦～」

小希好像對電視上的偶像及年輕演員十分憧憬。

以這個年紀的女孩子來說，這樣或許很自然吧。班上那群女生也常看明星雜誌，聊連續劇的話題。我也是電視兒童，連續劇的話題我跟得上，所以就試著跟小希聊些女孩子會愛的話題。

像是前陣子有節目拍攝當紅演員在淺草逛大街之類的。

有誰來到晴空塔之類的。

有連續劇到上野公園出外景之類的。

「好棒喔，真羨慕——我也好想去東京念大學。」

過了一會兒，小希輕聲說：

「……我想要快點離開這種小地方。」

我在黑暗中，關心地問小希：

「妳想離開這裡嗎？」

「嗯，這裡什麼都沒有。待在這裡，什麼將來的夢想，想要做的事，我一點頭緒都沒有。」

「……」

「這一帶是盆地，而且被高聳群山包圍起來了對吧？我光是看到那些山，就覺得很喪氣，覺得自己簡直像沒辦法從水桶底部爬出來的小螞蟻一樣。」

……水桶的底部嗎？好有國中生風格的譬喻。

不過我能感覺到蘊藏在那句話背後的強烈情感。

喪氣、沉重、無聊、沒有夢想、希望……憧憬。

「不過爸爸肯定會反對吧……」

小希說得越來越小聲，然後不再開口。

「……呼——呼——」

沒多久，隔壁房間就傳來熟睡的呼吸聲。

她原本怎麼樣都睡不著，現在好似終於入睡了。

將自己放在心底的想法說出口，心情輕盈了些嗎？

跟小希聊了這一會兒，我好像也開始想睡了。

「啊，在那之前……先去廁所。」

沒有什麼事情比在老舊屋子半夜想去廁所還恐怖的了。

「喂，怕什麼啦。我可是前大妖怪，連哭泣的小孩都要嚇得乖乖閉嘴的茨木童子……」

我口中喃喃嘟囔，一邊朝著位在主屋正中央的廁所走去。

幸好廁所有改裝過，是坐式而非蹲式。

我洗好手，又踏上黑漆漆的走廊。

從窗戶往外望去，在月光的照耀下，這個小鎮周圍群山的漆黑輪廓，顯得十分清晰。

山脈高聳的那側夜空很明亮，用肉眼就能觀測到數不清的星星。我非常驚訝。星光璀璨、耀眼地閃爍著，令人莫名感動。

這裡沒有掩蓋星光的霓虹燈。

啪噠、啪噠……

就在這時。腳步聲響起。

那氣息感覺起來並不是討人厭的幽靈，但我也無法掌握對方的真面目，我提高對四周的戒備，擺好應戰態勢。是定居在這個家裡的座敷童子嗎？

啪噠啪噠、啪噠啪噠……

腳步聲持續傳來。極為緩慢的腳步聲，正在往這裡靠近。

沒過多久，朦朧漾著光的兩顆眼珠，從走廊另一端的黑暗中浮現。

「妳是……」

那是位出乎意料的人物。

白髮梳攏在腦後隨意紮起，瘦削身軀穿著寬鬆的和服，駝著背的老婆婆。

是白天在中庭對面別館裡的老婆婆。她跟當時一樣，眼睛直勾勾地盯著我。

就連我也不禁有點嚇一跳。

大半夜她跑到主屋來，究竟要做什麼呢？

「那個，有什麼事嗎？」

我謹慎卻單刀直入地開口詢問。

老婆婆的眼眶凹陷，瞳孔混濁地閃著光，喃喃地低聲嘟噥。她聲音粗啞，話又說得斷斷續續，我很努力才聽懂她是在問我這個問題。

「妳，不是……普通的人類，吧……難道是，天女，嗎？」

「咦？天女？」

那是什麼呀？我從來沒有聽過。

窗外的皎潔月光灑在老婆婆身上，她的身形與影子清晰地浮現在黑暗中。

明明是人類，那道剪影卻讓我有一絲不寒而慄。

這個人到底幾歲了呀？

她的聲音雖然粗啞，語調卻透著堅強的意志，甚至帶有一股威嚴。她說：

「羽衣還來。我的，羽衣，還來……」

第三章 傳說的祕境（二）

「真紀，起床了，起來啦……」

「嗯——」

「喂，真紀。」

我聽到馨的聲音，叫喚我名字的聲音。

可是我還想再睡一會兒，所以我緊緊抱住硬邦邦的抱枕，又陷入沉睡。

「喂，住手。好痛痛痛痛，我腰快斷了。」

「……嗯～？」

馨又講了些什麼。我仔細想了一下，才發現這個抱枕是馨。

「咦……我……跟你一起睡？」

「妳總算明白現在是什麼情況了呀。」

我眨眨眼睛，慢慢挪開環在馨腰上的手。

他轉向我，架起手肘支撐自己的頭，臉色有點不悅。

但還是伸手將我惺忪睡眼上的瀏海一一整理好。

「我為什麼會在你的房間？」

「我才想問妳呢。昨天半夜妳突然跑到我房間來，鑽進我的被窩，立刻就大睡特睡，我整晚都搞不清楚發生了什麼事……」

「啊——」

我發出手鞠河童般的尖細叫聲，想起昨天晚上的事。

我去上廁所，結果遇到住在別館的老婆婆。

她明明不是幽靈也不是妖怪，我卻不明所以地害怕起來，在思考之前，雙腳就已經先衝到馨的床上了。

都是因為那個老婆婆講了奇怪的話啦，而且當時氣氛又超詭異的。

「我說妳呀——我不是叫妳過來時要把枕頭和棉被一起帶過來嗎？算了，平常我都會被踢到外面，昨晚妳卻就像蟬一樣動也不動地貼在我背後，所以這次就不跟妳計較……」

另一方面馨倒是看開了。

「馨，你有睡好嗎？」

「我當然睡不著呀。」

哎呀呀……因為我突然跑來，反而害馨更難入睡了嗎？真是不好意思。

小麻糬躺在馨的另一側，全身裹在從家裡帶來的鍾愛毛毯裡，鼻子上還掛著一顆大泡泡，睡得正熟。我還以為他晚上會哭叫，沒想到膽子還滿大的。

「不過呀，馨，昨天發生了不可思議的事情喔。住在別館的那個老婆婆……」

「什麼？」

這瞬間我突然想起睡在我隔壁房間的莉子和小希，倏地驚慌起來。要是她們早上醒來，發現我人沒在隔壁的房間，應該會嚇一跳吧。

「糟了糟了，我得趕快回去！」

「啊？妳到底在幹嘛呀？」

於是，我顧不得跟馨描述昨晚的事，就匆忙跑回自己房間了。

那天，馨外公的四十九日法會如期舉行。

我跟馨身著喪服參加。

鄉下的法事就跟傳聞一樣，十分盛大隆重。明明不是喪禮，但聚集到這個家裡來的人，多到簡直像是鎮上所有人都來了。場面不像法會，既熱鬧又吵雜，讓我大吃一驚。

難道喪禮時有更多人來參加嗎？

馨的外公肯定是個偉大的人吧？

「騙人的吧，馨？哇啊～你長大了～」

「我以前就說過了吧？這孩子絕對會變得很帥。」

住在附近的遠親阿姨們看到在都市長成帥氣青年的馨，頻頻驚聲尖叫。馨面露苦笑。

「那個女生聽說是馨的女朋友喔。」

「咦？把女朋友帶到這種窮鄉僻壤來嗎？」

「都市的小孩就是不一樣，妳看那個髮色。」

甚至連大家都已經曉得是馨女朋友的我，都成了一個話題。

是因為喪服讓我的紅頭髮比平常更顯眼吧。

我在學校也常因此被老師警告，給人留下不太好的印象，而紅頭髮在鄉下更是少見吧？

我自己是不太介意。

「真紀的頭髮是天生的喔。大家講話要客氣點。」

但馨的媽媽雅子阿姨，出言制止遠親阿姨們的指指點點。

我跟馨不約而同地眨了眨眼睛。

雅子阿姨確實曉得我這頭帶著紅色的自然捲是天生的，畢竟我從小便是這副模樣，又常因為頭髮惹出事端……

可是，我完全沒料到她會幫我講話……

這時，僧侶到了。樣貌看起來就像鄉下的僧侶，認識鎮上的每一個人，在佛壇前誦完經後，也提及馨外公生前的軼事。

馨的外公朝倉清嗣先生，據說個性十分沉靜，深愛著天日羽這塊土地，在務農的閒暇時間，

還是位研究天日羽文化的學者。

替小鎮取了「傳說的祕境——天日羽」這個別緻稱呼的人，正是這位朝倉清嗣先生。他經常獨自一人漫步於各處，因此鎮上許多人都認識他、有些交情。

之後，將骨灰罈放入朝倉家內院盡頭的大型古老墳墓，眾人紛紛上前參拜致意。

法會結束後，參加者一一搭上駛到家門前的巴士，移至附近的料亭吃飯。

等喪主秋嗣舅舅致完詞，現場轉為宴會的熱鬧氣氛，人數眾多的賓客皆盡情享用宴席料理、飲酒談笑，場面十分熱絡。

我跟馨坐在一起，但到處都有親戚叫馨過去打招呼。那從沒見過的朝倉清嗣的長孫，還是位都市長大的帥哥，又把女朋友帶回來，無論是誰都會十分好奇。

我在這裡就是個局外人，只好孤零零地獨自吃飯。

「真紀，真紀。」

此時，馨的表妹小希來到我身邊。

「我不擅長應付這種場合，可以跟妳一起坐嗎？」

「好呀，當然。」

「真不好意思耶，大家一直找馨哥哥過去。這種鄉下地方，大家都認識，流言傳得也很快。雅子姑姑離婚搬回來那次，也是相當不得了，而馨哥哥回來這件事，早就成為鎮上的話題。」

「哈啊啊～所以才會大家都知道馨呀。不過，他看起來誰都不認識耶。」

我遠遠地望著馨幫喝醉的舅舅斟酒，陪阿姨們聊天，他臉上的親切笑容在顫抖耶。有時候，我會感覺到有人盯著我看。

小希好像也注意到了。

「真紀，妳沒關係嗎？被不認識的人指指點點，還不客氣地盯著看。」

「嗯——不可能不介意，但我習慣了。是說，我不想出紕漏，讓別人說馨的壞話……啊，真鯛生魚片真好吃～」

「……真紀。」

小希看著我隨心所欲的模樣，擰眉笑了起來。

「真紀，妳真是不可思議。落落大方，真帥耶。如果有人一直在討論我的事，我肯定會立刻就放在心上，都市人都是這樣嗎？」

「嗯？沒有——都市裡也是各種人都有喔。」

我啊，從上輩子就常因為外表特徵被別人講閒話，可能已經有免疫力了。

「只要有一個人認同自己，意外地就不會在意這種事了喔。該說是能對自己有自信嗎？」

「那個人……是馨哥哥嗎？」

「可能是吧～」

「咦——真好耶。有馨哥哥這樣的男朋友，真教人羨慕——」

我微笑望著小希的反應，這時……

短短一瞬間，我跟遙遠座位的雅子阿姨對上目光。

可能是她聽到「馨」的名字，才會轉頭往這個方向看……

「欸，小希，可以問一下嗎？雅子阿姨的事。」

「雅子姑姑？」

「嗯。小希覺得雅子阿姨是怎麼樣的人呢？妳們常碰面嗎？」

小希嘴裡塞滿宴席料理的壽司捲，「嗯」地沉吟一聲，歪頭思考起來。

「姑姑常因為工作不在家，所以不常碰到。不過我們有機會講話時，該說她很爽朗嗎？畢竟是都市人，個性很爽快，不會強迫別人接受鄉下特有的價值觀，也不會嘮叨。她在東京好像發生了不少事，不過……我是滿喜歡她的喔。」

「這樣呀。」

我輕輕點頭，感到有一點意外。

以前的阿姨相當神經質，有時還會歇斯底里，狀態很不穩定。現在能跟別人輕鬆談天，就表示她的精神狀態平穩下來了。

「啊，對了，有個步履蹣跚的老婆婆住在別館裡，妳知道嗎？」

突然出現的這個話題，讓我心臟猛然跳了一下。

因為昨晚，那個別館老婆婆潛入主屋的場面，才讓我撞個正著。

「嗯，知道，馨有跟我說。」

「現在應該都是雅子姑姑在照顧她喔。聽說她以前在這個家裡幫傭，沒結婚也沒有親戚，所以就在我們家養老。爸爸說的。」

接著，小希略微垂下視線，將自己擺在大腿上的雙手倏地握緊。

「小希？」

「我從小就有點怕那個老婆婆。雖然不太有機會跟她接觸，也沒有講過話……但偶爾我會看到她半夜去後面的庭院，抬頭望著星空掉眼淚，簡直就像這一帶的『天泣地藏』一樣。」

「……天泣……地藏。」

我靈光一閃，那想必就是坐鎮在這鎮上四處，合掌膜拜天空的圓滾滾地藏吧？

雖然不曉得其中關聯，但昨天半夜遇見那個老婆婆時，她的模樣確實不太正常。整個人散發出一種相當詭異的存在感，會感到害怕也是情有可原。

不過，她並不是妖怪。

或許還是該把昨天的事告訴馨。

「啊啊啊～累死我了。」

宴會結束後，我們再次回到朝倉家。

馨在客廳裡就將喪服的領帶鬆開。

「人還真多耶。外公明明是個沉默寡言的人，沒想到交友這麼廣闊，我有點驚訝。」

在那個人過世之後，才得知很多那個人的事。

法會這種場合，會讓人跟平常沒有機會接觸的人談天。

我也是在爸媽那次才體悟到這件事。

「早上人那麼多，現在卻一個都不剩了。小希跟莉子說要先回家一趟，晚飯會過來吃。」

「秋嗣舅舅說要去買東西，順道去他妻子住院的醫院再回來，叫我們先在家裡休息。」

「……這樣呀。」

我借用廚房泡了茶，拆開從淺草帶來的雷門米香，悠閒地度過兩人時光。

「啊，對了，其實昨天晚上發生了一件有點奇怪的事情……」

接著，我便開始向馨描述昨晚的事。

睡在隔壁房間的莉子說看到人影而哭起來，讓小希跟著感到害怕，所以我就打開拉門，陪她聊了一會兒。

半夜我從廁所要回房間時，在走廊上遇見那個住在別館的老婆婆。

「這什麼啦。聽起來就像恐怖片呀。」

馨神情認真地這麼說。的確是這樣沒錯。

「真的，遇上的人要不是我，應該就放聲尖叫了吧。」

「妳還不是逃到我房間裡來。怎麼說，難道是那個……失智症會出現的徘徊症狀。」

「我一開始也是這樣猜，但她說我『不是普通的人類』喔，搞不好是個『看得見』的人也說不定……但天女到底是指什麼呀？」

「……天女，羽衣。」

馨的手擱在下巴上，似乎正在搜尋記憶中有沒有相符的事物。

噹……噹……

一片寂靜之中，古老的時鐘報出下午四點的時刻。

「啊！忘記小麻糬了！」

「啊啊！」

突然想到一早叫小麻糬乖乖待在房間裡等，我們趕緊回到昨晚過夜的和室。馨住的那一間。

小麻糬肯定正孤單地哇哇大哭吧。結果……

「噗咿喔、噗咿喔。」

「咦？」

出乎意料地，在散了滿地的彩色玻璃彈片、彈珠、沙包跟色紙中，小麻糬發出愉悅的叫聲，正玩得不亦樂乎。

他跟誰一起玩呢？有不知從哪兒冒出來、到人類膝蓋高度的山河童，軟毛蓬鬆的野生小豆狸，還有朝倉家裡的座敷童子。

「你們回來啦。酒吞童子小哥、茨木童子小姑娘。」

座敷童子用十分稚嫩的孩童音色，一臉理所當然地這般稱呼我們。

「……欸，這個座敷童子知道我們耶。」

「那是因為以前我有告訴過她呀。」

什麼呀。原來馨跟這個座敷童子有互動過呀。

我在座敷童子面前坐下，望著她的眼睛。

「妳叫什麼名字？」

「我叫千代童子，是住在朝倉家的座敷童子。」

「我是茨木真紀喔。雖然妳好像已經知道我是茨木童子的轉世了。」

「我以前有從小哥嘴裡聽過妳的事。他說妳是個貪吃又任性的鬼妻，但那頭紅髮很美麗，所以我一眼就認出來了。」

「……」

我回頭看向馨。

馨避開我的眼神，目光飄向別的地方。

「對了，你們一直陪小麻糬玩嗎？謝謝。小麻糬交到好多朋友喔，太好了呢～」

「噗咿喔～」

山河童跟小豆狸害羞地朝我們走來，不知從哪裡掏出簽名板跟筆。

「請簽名～」

「我要當作傳家之寶。」

還提出可愛的請求。

居然連這種偏僻鄉下的妖怪都知道酒吞童子跟茨木童子。小麻糬受人家照顧了，就寫個超級大的簽名給人家吧！也跟他們握個手好了。

「也謝謝千代童子。妳一直照顧小朋友，讓他們不會感到寂寞，對吧？」

「小事。我最喜歡小朋友了。」

千代童子的外表雖然是小孩，但臉上浮現母親般充滿慈愛的笑容。

「只有年紀還小的小朋友可以看見我，你們是例外啦……啊啊，還有一個人，別館有個例外。」

說著，她將目光投往拉門的另一頭。

「妳說別館……」

「千代，妳認識住在別館的那個老婆婆嗎？」

我跟馨立刻開口追問。

搞不好能夠從座敷童子口中打聽到那個神祕老婆婆的事情。

「當然。從小董來到這個家裡時起，我就一直很關心她。」

千代童子臉上的笑意漸漸淡去，換上悲傷的神色，輕聲說道。

「如果是你們兩個，或許可以幫上小董的忙。」

接著，又抬起那張稚氣的臉龐，眉頭依然緊皺。

「小董是『天女』。拜託你們幫助她，幫忙她回家。」

她聲音懇切，這般請求我們。

「天女？」

「……幫她回家？回哪裡？」

我們正想要繼續追問細節，但這時外頭傳來車門砰地關上的聲響。

應該是秋嗣舅舅買東西回來了吧。

「我回來囉——馨、茨木，你們在家嗎？」

大概是因為這個家裡的大人回來了，在我們向千代童子追問董婆婆的事情之前，她就突然從眼前消失得無影無蹤了。

「那個，我們來幫忙吧？」

我們走到廚房時，秋嗣舅舅正在張羅晚餐。

我跟馨都出聲要幫忙，但秋嗣舅舅舉起手在臉前揮了揮。

「不用了啦，沒關係，今天吃燒肉。」

「燒、燒肉！」

我忍不住驚叫出聲。好久沒吃燒肉了，而且，擺在桌上的可是和牛呀。

「這瓶加了大分產香橙果汁，味噌底的燒肉醬很好吃喔。事先用這個醬汁醃一下肉，就更好吃了。」

秋嗣舅舅的眼鏡框角落閃了一下，拿出特製醬料給我們看。燒肉的醬汁非常重要，居然有加了香橙果汁的燒肉醬，聽起來就超級好吃的。

「我們還是來幫忙吧。」

「不用了啦，這邊就交給我，醃肉可是我的專長。而且雅子姊也有吩咐我不要讓你們太費心。要是讓你們幫忙，我可是會挨罵的。」

我跟馨面面相覷，不知該如何是好。秋嗣舅舅「啊」地叫了一聲。

「對了。吃晚飯前你們要是沒事，就去附近散步一下吧。這時期，九州的白天漸漸拉長，現在天色還很亮。馨，你小學時常跟外公一起在傍晚去田埂上散步吧？」

他說著就把我跟馨推到玄關。

看樣子，雅子阿姨真的有叮囑他別讓我們幫忙耶。

「我們難得來一趟，就帶小麻糬他們一起去附近散步好了。」

「說的也是，而且小麻糬最喜歡散步了。」

「走田埂鞋子會髒，這個家裡木屐多得要命，就穿木屐去吧。」

馨從老舊箱子中挑出看起來還堪用的木屐，將剛好適合我尺寸的在玄關擺好。就連腳的大小都知道得一清二楚，我家丈夫真是有心呀。

於是，我們從簷廊外頭叫喚小麻糬和他的朋友山河童跟小豆狸，腳下喀啦喀啦地踩著木屐，兩人三隻就一同往後方田地的田埂走去。

「呼——哈——」

青草、水、土壤，田地獨特的氣息，深深地吸進全身。

哇。真舒服。充滿靈力的大自然空氣。

剛插下的秧苗及田中蓄積的水面，在柔和微風的吹撫下，無聲地搖晃著。

依然明亮的傍晚天空，烏鴉橫飛而過。是要回到山上嗎？

「嘎嘎……噗咿喔。」

「嗯，是呢。是嘎嘎呢。」

小麻糬偶爾會發出「噗咿喔」以外的叫聲。

他看到烏鴉會興奮，是因為想起平常陪他玩耍的影兒嗎？

烏鴉歸去的方向，是環繞著這個城鎮、宛如高牆的大片山脈。

「啊，風車。」

在那座山的山頂附近，聳立著風力發電的風車。只是現在並沒有在轉動。

「這一帶的山因為山頂地勢平坦，建了很多風車。」

「在鄉下純粹的景色中，卻聳立著現代設施，感覺很有趣呢。」

「就跟在淺草老街可以看見晴空塔很類似吧。」

「嗯——」

好像可以懂，又好像不太懂。

不過那份落差，莫名透著一種感傷的氣息，這一點或許跟晴空塔有幾分相似。

那些剪影，簡直就像小朋友在玩的風車一般。

「田埂這種小路，光是走在上頭就讓人心情雀躍耶。我也喜歡在淺草散步，但恬靜無人的鄉間小路也很不錯呢。」

「沒錯吧。小時候我回這裡的樂趣之一就是散步。」

「你小時候也太像老頭子了吧～」

「這裡的靈力奇異地非常澄淨，特別是傍晚時很舒服。讓身體裡的靈力重新充電，對我們來說很重要呀。」

「是啦，這也沒錯。」

漆黑的人影不斷往後拉長，隨著我們的腳步移動。

山馨的影子大大的，稍小一點的是我的影子，而無論怎麼看都圓滾滾的那個，則是小麻糬。河童和小豆狸的影子，在黃昏的地面上描繪出漆黑的形狀。

田埂上有小青蛙輕盈跳躍著，小妖怪們開心地追著青蛙跑。

「哎呀，小麻糬，腳上全沾滿泥巴了。」

「回去得好好幫他洗一下。」

那團灰色毛球變成泥巴毛球只是時間早晚的問題，但看到小麻糬跟其他小妖怪們親近，在大自然中戲耍的模樣，不禁讓人心中一暖。

但另一方面，涼意越來越重的風兒，捎來不安的預感……

「欸。關於剛剛那件事。」

「……啊啊。」

「千代童子說那個老婆婆是『天女』，那是什麼意思呀？她給人的感覺真的是滿奇異的，但我認為她是人類喔。」

「我也這樣認為。我以前也懷疑過她是不是妖怪，但確實是人類。」

我跟馨悠緩漫步在寂靜無聲的田埂上，接續方才的話題。

「這一帶稱作『傳說的祕境』對吧？我有從外公那兒聽過這個名字的由來。」

「由來？」

「我們在車站下車以後，過來的路上有看到奇怪的地藏對吧？啊，妳看，那邊也有。」

在田埂旁邊也有一尊地藏。臉畫在頭頂、體型圓潤的地藏。

上頭並沒有祠堂遮蔽，就是無止無盡地仰望著天空。在這裡的地藏，面露沉穩的笑容，但眼睛周遭仍有一道宛如淚水的痕跡。

「聽說叫作天泣地藏。小希跟我說的。」

「啊啊，沒錯。在天日羽，有個在那種世界中算是出名的古老傳說。『月人降臨傳說』。」

「月人降臨？」

突然出現意想不到的名詞，我不禁滿臉困惑，而馨伸手指向聳立在眼前的山峰。

「那座很像一道牆、左右寬度拉得很長的山叫作『盃山』……很久以前，這座盃山的山頂上，有一位『月人』從天而降。」

可是能讓他返回月亮的「雲船」在降落時損毀，再也沒辦法回去月亮了。

孤零零的月人，不分晝夜都朝著月亮祈求，淚流不止。

那些淚水滋潤了田地，終至有一天，月人成為掌管這塊土地豐收的神明。

天泣地藏正是長年悲傷的月人的化身，是那個信仰所留下的痕跡。

「外公也有說這是輝夜姬傳說的外傳。」

「輝夜姬傳說的……外傳？」

說到輝夜姬，就是從竹子中誕生的美少女，其實她是從月亮來到地球的外星人，在拋棄眾多男人後，又回到月球。就是這樣一個故事。

在古典文學中學過，《竹取物語》這麼知名的故事我也聽過，但那個和這個有什麼關係呀？

我依然是一臉摸不著頭緒的神情，馨似乎是想起來過去聽聞過的事情，又繼續往下說：

「如果我們假設這個傳說是事實，來深入思考一下，肯定是月球發生了某種騷動，導致輝夜姬逃到地球。而逃亡到地球的，並非只有輝夜姬一個人，其實還有跑到這種偏遠鄉下的月人……這樣。」

「……」

「真紀，怎樣啦？妳那什麼表情？不要用在看瘋子的眼神看我，這不是我說的，是我外公的解釋啦！」

馨突然不好意思起來。明明剛剛說明時，表情還那麼認真。

「因為那些話真是非常……嗯，很有趣的解釋呀。」

但我懂了，因此才會叫「傳說的祕境」呀。

古老傳說的「外傳」，沉睡於此。

「不過……聽起來好像有點道理，卻又說不太通呀。天女跟那個傳說有關係嗎？那個老婆婆有跟我說羽衣還來。」

馨原本雙手插在口袋，走在稍前方，聽了這句話頓時停下腳步。

「還來？意思是我們家裡有那種東西嗎？不對，等等，天女……」

天女這個詞好像讓他想到什麼，馨的表情突然變得嚴肅，又再次踏出步伐。

他走得很快，我趕緊叫住正在戳弄青蛙的小麻糬，小跑步趕上馨。

「等一下啦，你幹嘛突然走這麼快？」

「剛剛我突然想到一件事。這裡。」

他直直穿越田埂向前，不知從何處傳來唰、唰，有如河川流動般的聲響。

盃山跟田園之間，有一條水流湍急的河流。河岸邊堆滿巨大岩石跟圓潤的石子，看起來就是山野間的天然河道。即使遠遠望去，也知道河水十分清澈。

我們沿著梯田中間的坡道往下走，一直走到河岸邊。

那條河的對岸，就是盃山。

深濃綠意盎然茂密，幾乎沒有人類侵入過似的幽暗森林，廣闊地朝四面八方延伸。

光是凝視著枝幹縫隙，就能察覺到一股神聖不可侵犯且緊繃的靈力。

那是什麼呀？讓人陣陣發冷。

「這裡……是什麼？」

「以前我跟外公來這條河邊散步時，他說自己小時候曾在這裡看到一位身穿羽衣的天女從山上出現。他說天女走在河面上就像在飄浮一樣，身如微風般輕盈舞動。」

馨搔了搔頭，對自己有點生氣，怎麼沒能早點想起來呢。

「當時我以為外公是小時候看到妖怪了吧，也沒特別放在心上。因為這一帶經常有人講自己小時候看過奇異的存在，而且妖怪們也是蠢蠢欲動著。」

確實，到處都可以察覺到妖怪的氣息。

小麻糬新交的朋友山河童跟小豆狸，說「我們從這邊回家囉～」，就踏入河裡，跳過岩塊，一溜煙跑進森林中了。小麻糬「噗咿喔」地叫，揮手目送。

由於妖怪悠哉出沒的畫面才出現在眼前……

那搞不清楚真面目的「天女」，更是蒙上一層神祕的面紗。

「難道天女指的就是月人嗎？是說月人真的存在嗎？」

「既然都有妖怪跟神明了，就算有月人我也不意外喔。」

「不對不對，那可是外星人喔。」

「哎呀，不是也有人說鞍馬天狗聖納大人是外星人嗎？」

「……是啦。那難道董婆婆真的是外星人？像輝夜姬那樣的？」

越來越多的疑問讓我們都皺起眉頭，「嗯……」地沉吟起來。

五月的傍晚，寒意伴隨著黑暗逐漸加深。

天色漸暗，眼前的盃山，群樹轟然晃動著，像是一片巨大而蠢蠢欲動的黑暗雲朵。

我抬頭望向天空。

閃耀著白色光芒的月牙，正俯瞰著我們。

明明不可能存在，我卻感受到來自月亮的視線。

如果董婆婆是月人的話……

「是要叫我們幫她回去月球嗎？」

這種事，就算我們是酒吞童子和茨木童子的轉世，也辦不到呀。

〈裡章〉由理，月亮好美呀

「傳說的祕境？月人降臨傳說？哦，聽起來遇上棘手的事了耶。」

我，夜鳥由理彥，跟人在大分的真紀和馨輪流講電話，討論在那邊遇到的奇事。

我還以為他們跟小企鵝一家人正悠哉地在鄉下度假，結果還是捲進難解的情況裡了啊……

不過，月人降臨傳說呀。身為同樣與月亮有關的妖怪，角色特性有點重疊耶……

算了，反正鵺也不是從月亮來的。

「喂！鵺！你不要偷懶呀，混帳！」

「啊，抱歉，真紀。我的上司又來職場霸凌了，所以我差不多得掛囉。如果還有什麼事，再打電話給我。」

接著，我就切斷手機的通話。

這裡是裏明城學園的舊理化實驗室。

雖然正在放黃金週假期，但我們式神這一行是全年無休的，有的在淺草區域巡邏，有的去收

集情報，大家都各自執行自己分派到的任務。

裏明城學園在表面上，有河童樂園這座由手鞠河童所經營的主題樂園，整天都可以聽見讓人放鬆心情的樂音，但暗地裡，也是我們展開活動的根據地。

「所以呢，玄武先生，你有什麼事？我可是奉命在這裡監視的喔。」

「嘖。你還真敢說耶。明明剛才閒到跟那兩隻鬼講電話。」

「哎呀，這裡的月亮實在太漂亮了……」

「騙誰，你剛剛根本沒看月亮吧？明明就在講電話吧？還有，叫我首領。」

「是，首領。」

總是對我職場霸凌的是，特徵為戴著叮叮咚咚的銀飾，總是身穿軍裝外套的灰髮男人。他眼睛下方的黑眼圈極深，目光銳利，而且長相非常兇惡，看起來就是個大壞蛋，但他可是自千年前就一直侍奉安倍晴明的四神玄武。不過是隻烏龜就是了。烏龜。順帶一提，如果沒叫他首領，他就會不高興。

「晴明在實驗室等你，快去。我來代替你看守學園。」

「我知道了～」

我故意誇張地開朗應聲，從原本坐著的窗邊輕盈地一躍而下，披上放在一旁的制服外套。

這裡是跟舊理化實驗室相通的，叶老師的實驗室。

在黑板畫上晴明桔梗印後，僅容叶老師跟我們這幾個式神通過的通道就會打開。

通過這種時空跳躍，我進到了叶老師位於日本某座深山地底的實驗室。

我不常過來這裡，但叶老師通常都待在這，只有要以教師身分工作時，才會由此前往裏明城學園的舊理化實驗室，再去學校教書。

首先，進到一間滿坑滿谷都是螢幕的房間。

在螢幕青白色的微弱光線中，有一位將水藍色頭髮紮成細長髮辮的白衣少年。

「青龍先生，辛苦了。」

「啊啊，是鵺呀。辛苦了。晴明在第三實驗室喔。」

少年僅將翡翠色的眼眸瞥向這邊，淡淡說道。

他敲打鍵盤的雙手沒有絲毫停頓，從剛才就牢牢盯著螢幕上那堆數字。到底在做什麼呢……

他是叶老師的式神，青龍。職責是管理這間研究院。

青龍作為四神之一十分出名，同時也是最密切協助叶老師研究的優秀式神。

我決定裝作沒看見桌子四周散了滿地的能量棒跟營養飲料殘骸，迅速按照青龍的話朝第三實驗室移動。

「哎呀。」

在第三實驗室前面，我遇上某個人。說是人，其實也是式神啦。

「哦，鵺，你也被叫來囉？」

「對，算是……朱雀先生，你也是嗎？」

「嗯。到底是有什麼事呢？晴明叫我們來絕對沒好事，哈哈哈。」

「……」

柔順的赤栗色頭髮，鮮紅色的雙眸，再加上炫目的爽朗笑容跟潔白牙齒。這位一身騎士外套打扮的青年，他單手抱著安全帽，一副才剛回來的模樣。在四神之中，這個人看起來最正經，不過……

「話說回來，朱雀先生，你好一陣子都不在，是去了哪裡呀？」

「嗯？嗯～該怎麼說呢，活屍？我去燒了一大堆那種東西。」

「……啊？」

「哎呀～老實說，我還以為這次肯定要完蛋了，差點引發生物浩劫啊。啊啊，幸好，真的是，好不容易才過關，費盡我九牛二虎之力拯救了人類。哈哈哈哈。」

「……」

他的話實在是邏輯一點都不通，總之，接到浩大任務的總是這個朱雀。我們兩人一起踏入晴明……叶老師的實驗室。

嘰嘰……嘰嘰嘰……

是從哪兒傳來的呢？像是沙粒散落的聲響。

這裡面究竟是在研究些什麼呢？

實驗室裡頭，豎立著好幾個中空圓筒狀的封閉空間，裡面什麼也沒有。一般來說，祕密研究機構的這種空間裡頭，都要裝著實驗對象才對。

「兩位都到了呀。」

裡頭傳來一道聲音。牆壁旁站著一位用漆黑髮帶將白髮紮在頸側、身穿和服長袴的女性。

她是專門負責收集情報的式神，白虎。這位式神的眼睛總是閉著，安靜到讓人不由得要懷疑她睡著了，但看來似乎還是看得見前方。

「晴明呢？」

「嗯，他在那裡。」

朱雀出聲詢問後，白虎伸手指向旁邊。

叶老師不曉得為什麼人在大桌子下，發現我們兩個都來了，就從桌下一扭一扭地鑽出來。

那張桌子下面有什麼呢？

「啊啊，你們都到啦。」

接著，他慢條斯理地從白衣的口袋掏出糖果，一人發了一顆。我的是青蘋果口味。

「我叫你們來沒有其他原因，就是為了昨晚的離奇死亡案。」

沒錯。其實昨天在東京都內，才一個晚上就發現了好幾具離奇死亡的女性遺體。每位女性都像是血液被放盡般地徹底乾枯，聽說陰陽局也認為這並非人類的傑作，已經展開行動了。

「果然是……吸血鬼嗎？」

我謹慎地問道。

「嗯。陰陽局調查回收的遺體後，發現每一具遺體的脖子上都有傷口，正是吸血鬼吸血會留下的那種傷。」

說到吸血鬼，在日本我就只知道茨姬的眷屬凜音一個人。

我記得在千年前，凜音就已經遭茨姬禁止將人類吸血致死。

只是，他現在不是茨姬的眷屬了，也並非真紀的眷屬，要突破束縛並非不可能，但……

他真的會做到那種程度嗎？

「會不會是海外的吸血鬼來日本了呢？」

即便在日本相當罕見，但海外仍有數量龐大的吸血鬼，他們也有參加之前的非人拍賣會。

白虎瞄了我一眼。

「我得到一個消息，吸血鬼同盟『赤血兄弟』跟水屑聯手了。那個可能性應該相當高。」

「赤血兄弟跟……水屑？」

不管怎麼想，那群吸血鬼的目標，肯定是真紀的「血」。

對水屑來說，茨木童子的存在是個妨礙，而那群吸血鬼想要真紀的鮮血。

雙方利害一致了呀。

「異國的吸血鬼長年來一直在找尋能夠克服太陽光的術法。為了克服那個弱點，他們才會盯上茨木真紀的血吧。波羅的．梅洛那次，似乎讓他們更加渴望獲得茨木真紀的鮮血。」

叶老師在椅子坐下，淡然地說道，伸手拿起不知多久前沖泡、早已涼掉的咖啡啜飲著。

「……這倒是，凜音吸過茨姫的血，太陽光完全不能影響他。我之前還一直以為那是因為他是日本的吸血鬼。」

「早在千年前就已經滅絕的日本原生種吸血鬼，原本也是害怕陽光的。不過茨木童子的眷屬凜音由於喝了她的鮮血，克服吸血鬼的弱點，還獲得悠長的壽命。要是赤血兄弟知道這件事，那他們這麼快展開行動這點也能說得通了。」

「那麼，凜音現在人在哪裡？」

我內心倏地騷動不安。因為我直覺認為叶老師的推論是正確的。

雖然不曉得凜音為什麼會隸屬於赤血兄弟，但我不認為他會向那個吸血鬼組織透露自己曾經身為茨木童子的眷屬。

可是，如果在拍賣會之後，那群吸血鬼跟水屑結夥，凜音的身分曝光也只是遲早的事。

「那個吸血鬼小哥打算做什麼呀？既然加入了赤血兄弟，是打算與茨木童子為敵嗎？」

「或是沒辦法捨棄對茨木童子的忠誠，要背叛赤血兄弟呢？」

白虎跟朱雀分別提出正反兩面的可能性。不過……

「他跟真紀為敵這個選項，應該可以先剔除。」

莫名地，我肯定地說道。

明明至今凜音引發了許多棘手的狀況，讓我們疲於應付。而我也是，要不是當初凜音多管閒事，我現在也還是繼見由理彥吧。

可是，儘管如此，我還是不覺得他會背叛真紀。

他的行動有時候乍看之下帶著惡意，但每次到最後回頭一想，看起來都像是為了真紀，他寧願自己扮演壞人。

真令人擔心。想必他在第一時間就已經得知，赤血兄弟跟水屑要聯手對付真紀的消息了吧。

他會展開什麼樣的行動呢……

就在這一刻，實驗室突然警報聲大作。

正想說不曉得發生了什麼事時，腦海中就響起玄武先生的聲音。

『發生緊急狀況。發生緊急狀況。玉藻前水屑來襲，地點是裏明城學園的河童樂園！』

「！」

現場所有人神色大變。

因為她這個大妖怪，可謂是眼下的敵方大魔王。

雖然早有警戒她們肯定會找機會用某種方式來到學園，但本人親自出馬，還是嚇了一跳。

「……去吧。」

叶老師只下了這道命令，我們就立刻離開研究院，前往裏明城學園。

然後，從屋頂俯瞰位於操場上的河童樂園。

「啊……」

河童樂園已經差不多到了閉園的時間，前來遊玩的妖怪們，對現正發生的情況一無所知，紛紛開心地走出樂園。同時……

「快點下來啦～」

「已經是閉園時間惹～」

閃閃發光、塗滿鮮明綠色的旋轉木馬上，坐著那位大妖怪。

「水屑大人，那群手鞠河童小不點在囉哩囉嗦喵。可以吃掉他們嗎喵？」

「不行喔，金華貓。我們不是來吃手鞠河童的，是來喝傳說中的珍珠奶茶。」

「喵哈哈。簡直像是毬藻沉在泥巴水裡的珍珠奶茶，還滿好喝的喵──」

水屑走貴婦路線，身穿白色洋裝，還戴著太陽眼鏡跟大帽子，而一身原宿女孩打扮的則是金華貓。兩人手上都拿著最近很受歡迎的珍珠奶茶，跨坐在旋轉木馬的綠色馬匹上。順帶一提，河童樂園的珍珠也是跟河童一樣的顏色。

「水屑，敢闖進這裡，妳還是一樣不怕死耶。到底要被奪走幾條命妳才甘心呢？啊──？」

面對那兩人，簡直像來找麻煩的惡劣小混混出言恐嚇的，是玄武先生。

「水屑大人──有個看起來很危險的男人在看這邊喵。」

「不能跟他對到眼喔，金華貓。不曉得會被他怎麼樣呢。」

「不如我們先下手為強吧。今晚就有龜肉火鍋吃了喵。」

「好主意耶。膠原蛋白豐富，美容效果應該很好呢。」

兩人妳一言我一語地挑釁玄武先生。

不過呀，別看我們家首領這副模樣，他可是個成熟的大人。

「我要把妳們碎屍萬段！我現在就宰了妳！」

他立刻拿出火箭炮，架在肩上發射。

水屑單手操縱管狐火，做出網狀結界阻止其攻勢。結果火箭炮因此改變軌道，炸毀河童樂園的特別區域「噁心妖怪展」。

「啊啊啊～不受歡迎的『噁心妖怪展』變成廢墟惹～」

「好險太不受歡迎了，所以裡面沒客人在～」

大群手鞠河童東逃西竄。白虎和朱雀無奈地搖搖頭，便前往遭到破壞的區域，臨走前還朝我拋下一句衝擊性發言：「首領就拜託你了。」

這個，就算你們拜託，我也……

「真是的，沒女人緣的玄武還是一下就發火了。我們明明只是來傳聞中的河童樂園走走而已喵。只是想拿著綠色的珍珠奶茶，到人氣拍照景點照幾張相而已喵。」

「對呀對呀，壞蛋角色也是有放假的時候喔。」

玄武氣得渾身發顫，正打算拿出更嚇人的武器來。所以……

「首領，冷靜點。這種時候就要用力忍住。」

「我一直都很冷靜。」

「少來了，你的雙眼都布滿血絲囉……這邊就先交給我。」

為什麼是我在安撫首領啦。通常不是首領要安撫部下的嗎？

我心中暗發牢騷，同時清了清喉嚨。

接著便微笑轉向水屑和金華貓。

「晚安，水屑女士。今晚的月亮真美呢。」

水屑對於我的聲音有些戒備，但仍回應道：

「哎呀～這不是公任大人嗎？你這輩子是放棄扮演人類的遊戲了嗎？我聽說你墮落到去當那個男人的式神了？」

「嗯——妳的話真壞心呢。」

我輕輕搔了搔臉頰。

「我也可以問一件事嗎？妳究竟想做什麼呢？」

單刀直入地提出問題。

而且，是暗中注入言靈的提問。

「就憑區區一隻鵺，也想來問水屑大人的願望，你還早了三千年喵。你可是連ＳＳ級大妖怪的排名都擠不上邊。」

「……」

「哎呀，金華貓，不能吐嘈那一點喔。人家公任大人可是菁英人士的思考邏輯，搞不好會很介意呢。」

其實，我是不太在意啦……

「啊啊，只不過，被自己盡心奉獻的人類所追殺的丟臉妖怪，是沒資格跟我們相提並論的喔。所以才沒辦法把你算進ＳＳ級大妖怪的夥伴。」

「呵呵，水屑女士果然很壞心呢。不過……」

我話說到一半，原本一直默不作聲的玄武先生突然竊笑起來。

「那句話，最好是被晴明殺了三次的傢伙有資格講啦。」

下一瞬間，他已經來到了水屑身後，舉起摺刀對準她的後頸。

好快……身手矯健的烏龜玄武先生，露出殺手般冰冷目光，準備奪取水屑最後一條命。

他動作快得就連水屑，甚至是金華貓，都來不及反應。不過……

「住手，玄武。」

那把刀在碰到頸部肌膚的瞬間，倏地停止。

「我沒有說可以殺她。」

對於那道聲音所下的命令，玄武先生「嘖」了一聲，離開水屑身後。

沒錯，不知何時叶老師已經來到我身旁，靜靜地瞪視著水屑。

「晴明～」

水屑肯定是來見叶老師的吧。

她取下太陽眼鏡，露出令人不寒而慄的笑容，從原本搭乘的旋轉木馬馬匹上下來。那一刻，她驅使某種詭異的妖術，喚醒了原本封印在這座裏明城學園正下方的大批惡靈。

出現在河童樂園的那群惡靈，擋住了身穿消防隊服裝、正準備去滅火的手鞠河童，後者慌慌張張地大喊「哇啊啊——火災還沒完，就又有幽靈災惹——」。

「剛才明明是殺我的絕佳良機，你偏要這樣裝大方……晴明，你都沒變耶。你都不來找我，只好我來見你囉。」

叶老師一如往常，冰冷的眼神中沒有絲毫情感起伏。

「在最後終結妳的生命，不是我的工作。那樣做的話，什麼都解決不了。」

下一刻，他背後浮現巨大的黃金五芒星，毫不留情地一舉將徘徊的那些惡靈強制成佛。

金色星屑在他的四周飄蕩。

「喵哈哈哈，你總是躲在暗處幹些偷雞摸狗的勾當。現在已經不是你可以裝輕鬆的局面了喵～晴明。再過不久，就會舉行茨木真紀的血祭。」

「什麼！」

聽了金華貓的話驚叫出聲的人，是我。

金華貓瞥了我一眼，又嗤嗤笑了起來。

「這次只不過是來打個招呼。而且我家的蠢妹妹……好像也不在呢。」

水屑抬起頭，仰望這個狹間的夜空。

望著那顆現實世界中不可能存在的，巨大而虛假的紅色月亮。

「淺草很快就要出大事了，看你們是要拚老命去巡邏，還是要繼續監視我都好喔。即便如此，宴會也已經開始了。渴求鮮血的暗夜居民，是如此地眷戀太陽。」

暗夜居民……

如果水屑的話為真，那就代表赤血兄弟果然展開行動了吧。

他們跟水屑聯手這件事，是真的呀。

但叶老師的神色沒有半分動搖。只是……

「感受到威脅這點，妳也一樣吧。妳只剩最後一條命了，這點妳最好記清楚。要是我放棄一切，捨棄所有，那我第一個就會殺了妳，水屑。」

這些話語和平常的叶老師不同，隱隱顯露出情感。

水屑的臉色也變了。

她的臉依然朝向天空，但目光卻凌厲地望向這個方向。

「最後一條命？這一點，你也一樣吧？安倍晴明。」

「……」

「因為可以轉生九次，所以我們才叫作『永世的九尾狐』。而我的九條命之中，有三條是你拿走的，還有另外三條是大魔緣茨木童子奪走的……」

不知從何處開始的，雲朵般的物體漸漸聚集，水屑踩著高跟鞋踏上那東西。

「到了這一世，又被說自己是酒吞童子大人轉世的小鬼跟他的部下分別搶走一條。那剩下的最後一條命，究竟會是誰來取走呢？誰來了結我呢？」

她尖銳的笑聲響徹雲霄。

接著，那朵雲載著水屑和慌忙跳上去的金華貓飄升到高處。兩人低頭俯瞰我們，背後是大大的月亮。

「不過，在讓那個國度復活之前，我可沒打算要死。最後勝利的人，是我。晴明。」

水屑臉上浮現出滿意的微笑，載著她們的那朵雲便以極快的速度爬升，衝破天際，將狹間側面撞出一個洞。

「她們逃走了，要追嗎？叶老師。」

「不用。那女狐狸來這裡前，不可能沒準備退路。我可沒蠢到貿然闖進她設下的陷阱。」

說完，叶老師便走回教室，白衣在風中翻飛。

還一邊留心著，避免踩到地上慌慌張張、交錯奔跑的手鞠河童們。

我也趕上叶老師。

「茨木和天酒去大分了吧？」

「啊，對。不過他們在那邊好像也捲進奇怪的事情裡。」

「這樣呀，搞不好他們乾脆暫時留在那裡比較好吧……」

他不經意地說。通常老師不經意脫口而出的，就是真心話。

「對了，鵺，幹得好呀。」

「……咦？是指什麼事呢？」

我毫不遲疑地裝傻。是說，能夠多少探出一些情報，這樣就夠了。

「比起這個，水屑接下來可能會有動作，這點令人在意。雖然淺草有七福神的結界守護著，但看她那副模樣，應該是正在謀劃什麼吧？」

「要是她拿一般人當人質，對我們不利。」

「啊，玄武先生。」

他不知何時化成小彩龜的模樣，趴在叶老師的肩頭。真可愛。

「即使這樣，還是要繼續觀察情況嗎？叶老師。」

「……沒辦法。就算是悲劇，也是他們的宿命。」

「……」

「不過，只要最後的結局跟千年前不同，那就夠了。」

悲劇也是宿命嗎？

可是，跟千年前相同的結局……我也不允許。

第四章

傳說的秘境（三）

隔天。

我們提起對盃山的月人降臨傳說有興趣，秋嗣舅舅便開大型廂型車載我、馨跟那對表姊妹一起去觀光。

「我沒想到你們兩個居然會對盃山的傳說有興趣耶。這對都市人來說很稀奇嗎？」

面對秋嗣舅舅略帶喜色的疑問，我跟馨這麼回答：

「我們好歹是民俗學研究社的，而且淺草也沒有這種山。」

「雖然是有河童傳說的商店街跟一條混濁的河啦。」

馨說的是合羽橋跟隅田川。淺草有一大票飄著腥臭味的手鞠河童。

「哇，滑翔傘。」

馨伸手指向窗外。

他看見鮮紅色的滑翔傘從山上飛了下來。

「這一帶的山，山頂平坦，好像正好適合玩滑翔傘，現在是黃金週，應該有很多人在飛喔。」

原來如此。滑翔傘在天際翱翔的畫面，也很難得見到。

窗外景象牢牢吸引住我們的目光，秋嗣舅舅便一邊開車一邊說明：

「在天日羽，很多人小時候都有看過河童、看過座敷童子，或是遇過狸貓跟自己講話，還有一群赤鬼作亂的傳說。不過這類故事中，最稀奇的還是『月人降臨傳說』吧。畢竟那可是這一帶叫作『傳說的祕境』的由來。」

「！」

他將昨天散步時馨告訴我的天日羽「月人降臨傳說」，重新再講了一遍。

「接下來我們要去的『穗使瀑布』，也跟『天女傳說』有點關係。」

我們驚訝地抬起臉。現在對於天女這個詞，已經變得有點神經過敏了。

「那、那個故事，拜託你再講得詳細一點，秋嗣舅舅。」

馨激動地追問，秋嗣舅舅顯得有幾分訝異。

「你對天女也有興趣？馨，你從小就意外地很清楚妖怪的事情呢。我還想說你雖然總是裝老成，但還是有孩子氣的地方嘛。」

「哦～馨哥哥對這方面有興趣呀，真想不到。」

連小希也這樣說。

馨又不能說，自己上輩子是大妖怪，只好咬牙悶悶地應了聲「是呀……」。

而就在這時，已經到了目的地那座瀑布。

「哇啊啊，好壯觀。」

兩段式的瀑布，水流嘩啦嘩啦強勁地奔騰墜下，撞擊著瀑布底端的澄澈水池，濺起細碎的水花。瀑布周遭滿是青綠色的楓葉，楓紅季節固然很美，但這個時分的翠綠也很賞心悅目。外觀及聲響都極具震撼力，水花甚至都飛過來了，這一帶相當涼爽。我們肯定正沐浴在無數負離子之中……

「這就是『穗使瀑布』……」

「沒錯。這座瀑布有個傳說，過去有位女性因為失戀跳進瀑布底部的水潭，成了『天女』。相較於月人降臨傳說，這比較少人知道就是了。」

嗯？失戀投水？羽衣呢？

我跟馨都因為這個與想像頗有落差的傳說愣在原地，傻傻望著擁有傳說故事的瀑布。

這傳說好像不是太出名，所以秋嗣舅舅並不曉得更詳細的內容，但這跟堇婆婆口中的「天女」，會有什麼關聯嗎？

啊……是手鞠河童耶。

只要有河，就有手鞠河童的蹤影。

他們排成螞蟻般的隊伍，正背著行李前行。

「今天山嵐會來。」

「端午節的前一晚，一定會在穗使瀑布喝酒開派對。」

「打算用那個向傳說復仇。」

「我要趕快逃走～」

他們嘰嘰喳喳地邊走邊講。山嵐又是什麼？

我雖然有點在意，但總不能在人多的地方，找其他人看不見的他們搭話。

這個穗使瀑布似乎也是天日羽的熱門觀光景點，從瀑布底下水潭一路延伸出來的清淺河流，有人正在享受釣魚的樂趣，也有觀光客赤著腳在河水中行走。

附近還有土產店跟餐廳，現在正值黃金週假期，即使這裡是鄉下，仍舊頗為熱鬧。

「爸，我肚子餓了～」

莉子對瀑布沒什麼興趣，拉住她爸爸秋嗣舅舅的襯衫下襬。

「啊啊，對耶，正好是午餐時間了，不然我們去那間餐廳吃點東西好了。」

開在瀑布旁的餐廳，招牌好像是使用了這一帶山泉水的手打烏龍麵及蕎麥麵。

我們決定去那間店吃早一點的午餐。

「時夜烏龍麵？」

「時夜是指雞，在九州以前是這樣叫的（註3）。時夜烏龍麵也是九州特有的烏龍麵吧。」

我看向菜單，眼睛眨個不停，馨便在身旁說道：

「哦，這邊在烏龍麵裡也會加雞肉呀。啊，還有時夜飯糰，這好像也很好吃。」

看著跟東京烏龍麵店不太一樣的菜單，我每種都有興趣。

既然都遠道而來了，那就選些只有這裡才能吃到的品項吧。

「我要點鮮肉五目天烏龍麵。五目天烏龍麵在九州是超級主流的選項，但在關東就不是了。」

「五目天烏龍麵？」

沒過多久，剛煮好的烏龍麵就上桌了。

令我訝異的是，湯頭跟東京的烏龍麵不同，清澈又透明。

「我雖然有聽說過，但這邊的烏龍麵，湯的顏色真的很淺耶。」

東京的烏龍麵，湯是黑色的喔。我告訴小希這件事後，她便一臉驚訝地說：

「咦？黑色的！怎麼這麼奇怪？都市果然還是不一樣呀——」

那個，我想這應該跟都市沒什麼關係啦。

「我有聽過關東是用濃口醬油調味，但九州跟關西是用薄口醬油作底。還有高湯也不一樣。」

馨先喝了一口湯，我也學他先品嚐一下熱湯的滋味。

「啊，是柴魚、飛魚、昆布高湯……吧？魚貝類的高湯風味很突出，而且麵條好像偏軟。」

「麵條柔軟也是這裡烏龍麵的特徵喔。」

註3：古書中雞的別稱之一。

用九州醬油熬煮過的甜辣雞絞肉，就是時夜烏龍麵的「時夜」，跟口味偏淡的高湯和柔軟的麵條很搭。

同時，我也對馨的五目天烏龍麵很好奇，頻頻瞄向他的碗裡，結果……

「好啦，給妳一個。」

他夾了一條五目天到我的碗裡。我家丈夫真的是自我犧牲型的。

你的東西就是我的東西，看來這觀念已經烙印在他心上了呢……

「哇，這個好好吃～原來五目天就是牛蒡天婦羅呀。」

牛蒡切成細長棒狀再下油鍋炸出的天婦羅，咬起來喀哩喀哩響，可以當作零食吃。

這種質樸風味確實是馨會喜歡的。

「欸欸，情侶互相分享食物，在都市也很常見嗎？」

「咦？」

等我們注意到時，才發現秋嗣舅舅跟小希從剛才就一直盯著這邊看。

糟糕。我們在親戚面前不小心流露出平日的夫妻舉止了？

「沒、沒有啦。只是這傢伙超級貪吃的。」

「喂！馨！你少推到我身上，明明就是你自己想給我吃。」

「是妳剛剛一臉渴望地拚命盯著看吧？我只好在妳暴走之前自己先獻上呀。」

「等、等等，什麼暴走，哼，閉嘴啦。」

每次我們開戰，由理都會直接裝作沒看見，但秋嗣舅舅和小希則滿臉稀奇地盯著瞧，將我們的拌嘴當作好戲。

「那個～莉子想吃甜點。」

這時，年幼的莉子就像及時雨，開口討甜食吃。

這間餐廳也有賣紅豆麻糬跟餡蜜這類甜點。

甜點是裝在另一個胃，所以我也安靜下來，看向菜單。

「……瘦馬？」

發現了一個神奇的菜名，怎麼看都覺得是在說一匹很瘦的馬。

「瘦馬很好吃喔。真紀也吃看看呀。」

「莉子我超愛瘦馬的——」

小希跟莉子都點了，不禁讓我有點好奇，也跟著點下去。馨和秋嗣舅舅也一樣。

「……哇，這是什麼？」

結果上桌的「瘦馬」，就是在前幾天喝的麵疙瘩湯裡的麵疙瘩，拿去沾滿黃豆粉的神祕菜色。

「瘦馬也是大分的鄉土料理之一喔。就像麵疙瘩湯、瘦馬、烏龍麵，擁有許多麵食料理也是這一帶的特徵。以前這附近種小麥的人比種米的多。」

秋嗣舅舅隨口說明的小知識，讓我恍然大悟。

這個名叫「瘦馬」的甜點，竟然是要用筷子吃。

「嗯，啊，熱熱的，很柔軟。」

黏性沒有用糯米搗的麻糬那麼強，剛起鍋又還很柔軟，出乎意料地三兩下就滑溜進肚了。

風味質樸，沒包內餡，能夠充分品嚐黃豆粉的風味，這點很不錯。

旁邊擺著砂糖罐，可依個人喜好調整甜度。

「呼～吃飽了。」

「連續幾天都吃好料，感覺會遭天譴。」

享用了許多美味食物，我跟馨都十分滿足。

「啊，瘦馬好像可以外帶。」

「買一點回去給麻糬糬吃好了，他肯定會喜歡這個。」

外帶用的瘦馬仍舊帶有些許熱度。餐廳的阿姨用塑膠袋包好，才拿過來給我們。正如馨所說，這是小麻糬會喜歡的味道，真期待看到他的反應。

我們填飽肚子之後，就往天日羽的另一個知名觀光景點「盃山」的山頂移動。

就是從朝倉家後門也能清楚望見，位在田地另一側、形狀有如高牆的那座山。

山頂整理成大型公園那樣寬廣又平坦的草原，昨天遠遠遙望的風力發電風車，也位在相距很近的地點。風車今天倒是轉個不停。

「你看，這裡也到處都有天泣地藏。」

「……很詭異耶。每一尊都抬頭望著天空。」

那些地藏在山側大小不一地並排著，或是零星散布在草地中央。每一尊都分別流露出喜怒哀樂的情感，流著淚向天祈願。

山上有不少滑翔傘玩家打扮的人，或者是攜家帶眷來公園野餐的人，顯得十分熱鬧。然而在那幅畫面中，四處可見天泣地藏穿插其中，給人一種奇異的感受。

秋嗣舅舅簡單說明這個地點的故事。

「這裡就像是月人信仰的聖地，天泣地藏也是其遺跡，現在還有許多學者在進行相關研究，已經過世的外公也是其中之一，他一直在調查這塊土地的傳說……」

「爸爸——」

秋嗣舅舅似乎是想到什麼，話講到這裡就打住了，低頭俯瞰眼前的天日羽城鎮。

聽到在草地上玩耍的莉子跟小希出聲叫喚，他便急急忙忙跑過去了。

我跟馨在草地公園散步了一會兒，看了一圈天泣地藏。接著，馨在某個地點蹲下，仔細觀察腳邊小小的天泣地藏。

那是一尊神情憤怒地仰望著天空的地藏。

「馨，怎麼了？」

「這個……」

馨伸手去摸那尊石像，口中喃喃有詞。

結果，周圍景象的色調倏地一變，彩度頓時黯淡。

這跟要進入狹間結界時的感覺很相似——

「這是，怎麼？」

沙——沙——

老舊電視機雜訊畫面般的聲音，斷斷續續地傳來。

這一側跟那一側的世界，在視野中交替出現。

這一側是白天，而另一側卻是半夜。

這一側聽得見小朋友的喧鬧聲，另一側卻總是雜訊的聲響。

接著從某一個瞬間開始，視野裡只剩下非現實的那個世界。

雜訊的聲響也消失了，四周連一丁點聲音都沒有。

「這裡……」

一個人也沒有。

不過，有跟天泣地藏相似的東西。

遠比方才在山頂看見的地藏更加巨大，排成長長一列，形成一條道路。在那條路的盡頭，有一座半毀的水晶鳥居及宏偉神社。

在神社後方，有三座損壞的風車高高矗立著，正上方掛著一顆巨大的滿月。那和現實世界風力發電的風車不同，是已經不再運轉的古代類似裝置，破爛不堪、表面爬滿青苔。

我跟馨對望一眼，便朝神社走去。

在神社前方有一座湖，湖面如鏡，映照著夜空，也有一顆巨大的滿月沉在水中。

而在反射出滿月的水面正上方，站著一位雙眼用布蒙住，身穿鬆垮和服的青年，他身上的羽衣在風中輕柔地飄動著。

看起來非常寂寞。

但羽衣青年發現到我們的存在時，那個畫面再度因雜訊而被擾亂。

——方擁有羽衣者，始可進入。

腦海中響起一道威嚴的聲音。

「……咦？」

「馨！」

下一刻，馨緊抱住頭跌跪在地。我摟住他的肩膀。

「馨，怎麼了？頭很痛嗎？」

「……切……不斷……這是什麼呀？」

馨原本在設法連結這個空間，而對方利用這份連結發動了攻擊。

居然能讓狹間結界專家的馨這麼難受……
我毫無一絲遲疑，立刻咬破自己的大拇指，朝地上灑了幾滴鮮血，雙手合掌。
「狹間結界──遮斷！」
我強制切斷了馨跟這個結界的連結。
如果馨自己無法切斷，那就只能用我鮮血裡具備的破壞力量來切斷了，別無他法。
「真紀，妳，把狹間結界……」
「……」
馨驚詫莫名，我在他的身旁，凝視著前方。
稜鏡般的七彩光影在眼前閃過，世界的色彩又透出現實的樣貌。
那一側的景色逐漸遠去，那位青年的身影也是──
我們依偎著彼此，再次理所當然般地蹲在盃山上的草地公園。
面前，有許多一般人正愉快地野餐。
「哈。」
大概是因為剛從炫目的光線中抽身而出吧，我們好半晌說不出話來，但看來總算是平安回到現實世界了。
「馨，沒事吧？有哪裡不舒服嗎？」

我強制切斷了馨的術法，萬一對馨造成什麼影響，該怎麼辦才好。

我很擔心，但他搖搖頭回「沒事」。

接著，抬起那雙深邃的黑眼珠凝視著我。

「妳學會用狹間結界了呀。」

我微微張開嘴巴，又抿住唇。

避開他直接的目光，輕笑。

「……因為我一直在旁邊看你用呀。但沒辦法像你那麼厲害。」

「……」

馨還想說些什麼，但又吞了回去，提起剛剛看到的那個世界。

「剛剛那個地方，果然也是神域或狹間結界那一類。看來是在這座山頂上，建構了一個規模相當大的場域，不過跟我所知的結界又略有不同。我正打算要調查組成素材時，就出現錯誤，然後頭立刻就痛得要命，簡直像在阻止我調查一樣。」

「……錯誤？」

就連馨這種程度的狹間結界高手，都沒辦法讀取組成素材嗎？

「而且，那個狹間好像有設定相當嚴密的『鎖』，而且是種十分厲害的束縛。」

「該不會，鑰匙是羽衣吧？」

馨點頭應道「應該是」。

「那樣一來，董婆婆想回去的地方，說不定不是月亮，而是那個空間耶。」

我從至今獲得的資訊，推敲出這個結論。

結果，馨「哇喔」一聲，神情頗為訝異。

「妳今天腦筋難得很清楚嘛。」

「你這句話是什麼意思。偶爾我也是會用頭腦來思考答案的好嗎。」

沒錯。雖然平時多是仰賴暴力解決。

總算感覺到點跟點逐漸連成線了。

但有些地方尚未弄明白。如果那裡是董婆婆想要歸去的場所，那個世界究竟是什麼呢？

那位蒙住雙眼的青年，究竟是何方神聖呢？

那位青年的感覺也不像妖怪。遇上了未知的存在，我不禁後背竄起一陣寒意……

「喂，你們兩個。差不多要下山囉～」

這個時候，剛好秋嗣舅舅叫我們。

莉子手裡拿著秋嗣舅舅在土產店買給她的風車，那鮮豔如紅花般的風車，迎著山上的強風，正喀啦喀啦地不停轉動。

在外頭解決早一些的晚餐，回到朝倉家時，天色還亮著。

秋嗣舅舅在玄關前面放我們下來。

「我等一下要去為明天的鯉魚旗祭典開會，馬上又得出門，回來時應該很晚了，不過今天雅子姊都會在家，你們不用擔心。就兩個人好好休息一下吧。」

「好。謝謝舅舅今天帶我們四處觀光。」

「不會啦，不客氣。有機會介紹天日羽，我也很高興喔。」

明天就是端午節，聽說會在天日羽的河岸舉辦鯉魚旗祭典。秋嗣舅舅是鄉公所的職員，所以要前去幫忙。

他剛才說雅子阿姨在家。確實，阿姨正坐在簷廊上抽菸，不經意地望著這個方向。

自從我們來到這裡，雅子阿姨跟馨有說上什麼話嗎？幾乎沒有。

阿姨或許刻意避開跟我們接觸。

雖然掛念著天女的事，但這個情況也讓我很在意。

我希望他們多少可以有些互動呀……

看家的小麻糬好像一整天都待在房間裡，跟在這兒交到的朋友一起玩耍。我一拿出帶回來的瘦馬，小企鵝、山河童、小豆狸就聚過來分享，大家一同快樂地品嚐。嗯，真可愛。都是些好孩子。

「喂，真紀。小希說要玩撲克牌。」

「撲克牌？但董婆婆的事要怎麼辦？」

「反正大家醒著時，也什麼都做不了。半夜再行動吧。」

「說的也是……今天肯定要熬夜了。」

我們在這邊只待到明天。

小麻糬的朋友到了晚上就回家了，我們讓他再次化身為布偶，一起帶到客廳去。小希等人正將撲克牌排在矮木桌上，清點張數。這副撲克牌看起來歷史相當悠久耶。

「好懷念喔，這副撲克牌。還在這個家裡呀。」

「嗯。雖然都市人可能都不玩撲克牌啦。」

小希顯得有些難為情，所以我舉起食指說：

「沒這回事喔。說到撲克牌，馨最近才剛在賭場玩德州撲克耍老千贏了一場呢。」

「咦？都市的高中生會去賭場嗎！」

啊，糟了。那是非日常情況下發生的事。

小希聽得興味盎然，而莉子好像很喜歡我抱在手中的小企鵝布偶，大喊「哇～是企鵝寶寶耶～」，雙手不停捏他的臉頰。

然後就把小麻糬拿走了。小麻糬……你要撐住呀……

「欸欸，賭場是什麼樣子呀？有看到出名的貴婦嗎？」

「不是啦，小希。是賭場的手機遊戲啦。我是玩那個。」

「哦？馨哥哥也會玩手機遊戲喔。」

「嗯，嗯，當然。」

下一刻，馨轉頭用可怕的表情瞪著我，小聲埋怨「都是妳啦」。

「真紀，少講奇怪的話。」

「對、對不起。最近跟撲克牌有關的事，就屬那次印象最深刻呀……」

我們搭上載著海盜、大妖怪跟海外怪物的豪華客船，在賭場裡跟老奸巨猾的滑瓢交手，還占了上風這件事，不是該拿來在純樸鄉下說嘴的故事吧。

不過，那也是我們另一面的現實。

如果不了解我們情況的人，肯定沒辦法相信。

沒錯……所以，馨才什麼都說不出口，跟家人保持距離。

「所以呢，要玩什麼？」

「大富豪。」

「大富豪呀～以前大家也曾經一起在這裡玩過耶。大人小孩全都一起。有玩革命嗎？」

「就玩吧。」

馨坐下，小希開始洗牌。

「對了……」

我突然想到一件事，猛然站起身，朝眾人拋下一句：「你們先開始！」便匆忙走出去。

雅子阿姨剛剛在簷廊抽菸。

她人還在那裡。

「真紀呀，怎麼啦？」

見我走近，阿姨露出些許驚訝的神情，但並沒有裝作沒看見，也沒有擺出拒人於千里之外的態度，反倒爽朗地主動開口。

「那個，阿姨，要不要一起來玩撲克牌？」

「……撲克牌？」

阿姨將香菸放進一旁的菸灰缸按熄。大概是因為我過來了，顧慮到我吧。

「馨應該不會希望我去吧。我就算了。」

她微微垂下視線。眼神似乎有幾許落寞。

「才沒有這種事！馨剛剛說了，小時候大家在這裡，一起玩撲克牌。」

「……」

阿姨靠向窗邊，長長呼出一口氣。

「那是過去的事了。該怎麼說呢，我不想再給馨帶來壓力，這次是秋嗣擅自叫馨過來的，也給真紀妳添麻煩了。你們難得才放一次連假。」

「不會。不會的。」

我頻頻搖頭。

果然，阿姨有一點害怕。

正是因為過去曾經傷害過馨，所以變得膽小了。擔心輕易靠近，又會不小心傷到他。

可是，那也是一種對馨的愛呀。

如果討厭馨，根本不會這樣為他著想。

「拜託，只要一下下就好……」

「……真紀。」

我們明天就要離開這裡了。

我真的很希望在那之前能有個機會，有一個瞬間，讓馨和雅子阿姨觸碰到彼此的心。

「雅子……雅子……」

就在這個時候。

簷廊盡頭的陰影處，有位老婆婆無聲地站在那兒，讓我跟雅子阿姨都嚇了一大跳。

「啊，董婆婆……」

雅子阿姨連忙跑向董婆婆身邊。

「怎麼了嗎？妳想去哪裡嗎？」

「我想去……想去……那座山……」

「那沒辦法喔。董婆婆，好了，我們回房間去吧。」

「羽衣。羽衣……在哪裡？」

「董婆婆，沒有那種東西啦。」

雅子阿姨體貼地陪她講話，照顧她。

然後，便一副習以為常的模樣帶她回別館。我猶豫片刻，便決定去幫忙她們開關門，跟著兩人一起走。

別館空間是簡樸的和室，正中央擺了一張居家照護床。

枕頭旁擺著用色紙摺的各種動物。鶴、青蛙、兔子、貓……

這些該不會是千代童子摺的吧？

我幫雅子阿姨扶起堇婆婆，讓她躺到床上時，原本沉默的堇婆婆不經意地碰到我的手。

「堇……婆婆？」

堇婆婆抬頭望著我的眼眸裡，有一種純粹。

然後，她緊緊握住我的手，力道大得不像是一個老婆婆。

那一瞬間，我有一種極為奇特的感覺。就像是從交握的兩隻手，彼此的「某種東西」描繪成圓、終至相遇……

「妳也……跟重要的人……分開了……好久……好久……吧？」

「……」

「我也好想……好想他。」

「堇婆婆，妳……」

共鳴。

我感受到的是，一種長年積累的痛切哀傷、深深眷戀的情感。

好想他，好想見他。一種無盡的思念。

為什麼呢？不知不覺地，一行淚水就從臉頰滑落。

董婆婆跟我一樣。我們同病相憐……

即便我不清楚她發生了什麼事，但只有那股情感，我太清楚了。

「真紀？」

「啊。抱、抱歉。」

我慌忙用衣袖拭去自己臉上的淚水。阿姨可能會覺得我不太對勁。

後來，董婆婆很快就睡著了。

「不、不好意思喔，真紀。嚇妳一跳對吧？董婆婆的年紀已經相當大了，所以有時候會做些奇怪的事，講些奇怪的話。」

「不、不會啦……」

雅子阿姨一臉歉意地向我致歉，我則拚命搖頭。

董婆婆簡直像是多年以來，一直在尋找能夠理解自己心情的人一樣。那雙睜得老大的純粹雙眼，我難以忘懷。

我附在她耳邊悄聲說「再等一下」，便隨雅子阿姨一同走出別館。

結果，我把原本的目的忘得一乾二淨。

「所以，是要玩撲克牌嗎？」

「咦？啊。對！」

我沒想到阿姨居然會自己主動提起這個話題。

「好吧……剛剛也麻煩妳幫忙了，玩一下應該可以吧。」

她撩起長髮，輕聲說道。這句話簡直像在對她自己講一般。然後雅子阿姨就朝著客廳走去。

「啊，雅子姑姑。」

大概是因為我跟阿姨一起回來，小希顯得有些訝異。

馨的表情沒有什麼變化，但內心看來是吃了一驚。

「撲克牌，要玩什麼？」

阿姨在小希旁邊坐下，開口詢問。我則在馨隔壁落座。

「……她們說要玩大富豪。」

沒錯。馨小聲回答了。

「大富豪，好懷念喔。」

阿姨也輕聲回應。兩人都不太看對方的臉。

嗯——真教人著急。

但我有感受到雙方都有想交談的意願。加油呀！馨、阿姨……

不過，大家圍著矮桌用撲克牌認真一決勝負的威力太驚人，一旦開始對戰，每個人都十分投入，有時笑，有時懊惱，十分樂在其中。

我的擔心是多餘的。有幾次，阿姨也會不經意地找馨講話。

「唔哇，革命喔。」

「你平常什麼事都一副雲淡風輕的樣子，沒想到玩牌時卻是反應會寫在臉上的類型呀。」

「囉、囉嗦。我剛剛太捨不得出好牌了……」

我偷偷在心裡想，這段對話聽起來真像媽媽跟兒子呀。終於稍微鬆了一口氣。

兩人不自覺地自然交談，接著才突然意識到剛才發生了什麼。

「最後一名是真紀。這樣一來我就往上升了。」

「哼。」

大概是我太在意馨跟雅子阿姨的一舉一動，根本沒辦法集中精神在玩牌上，這下已經三連敗了。太丟臉了……算了，無所謂啦。

「肚子好像餓了耶。」

「畢竟晚餐吃得很早。我也餓了～」

玩牌玩了一陣子之後，馨跟小希有點餓了，雅子阿姨嘴裡嘟噥著「這樣說起來」，便站起身。

「你們帶來的龜十的最中，我白天時就開了，要吃嗎？」

「好快。居然這麼早就把供品打開了。」

馨居然開口吐嘈阿姨了。

我想本人應該沒有注意到自己在做什麼。很好，請繼續保持。

「不趕快吃會過期，那就太可惜了。好久沒吃到龜十的最中了，還是那邊的點心好吃……」

阿姨嘴上一邊說著，一邊從隔壁廚房端來擺著最中的盤子。

然後，阿姨端詳了馨一會兒，開口這麼問：

「馨，你該不會是記得我愛吃這個吧？」

「這個嘛……碰巧啦。」

「……是喔。」

難得的母子對話也草草作結。

可是，當初說伴手禮要買龜十的最中的人，正是馨。

我還回他應該要買保存期限長的點心比較好，但馨很堅持要買這個……真是的，馨這個人，實在有夠不坦率。

晚上八點左右，大家吃著龜十的最中、鹹米菓跟雅子阿姨事先買來的冰淇淋，再度投入大富豪的決戰中。

「啊啊，又輸了。」
「妳太習慣把好牌先丟出來了啦。」
「你才太捨不丟啦。哼，我也知道。」
「這種話等妳先贏過我一次再講。」
「哼。今天就是運氣不好啦！」
不知不覺中，我跟馨又一如往常地開始拌嘴。
其他人都沒講話，只是盯著我們瞧。察覺到他們的目光，我才猛然回過神。
「馨哥哥跟真紀，與其說是情侶，更像是真正的夫妻耶。」
小希邊舔冰棒邊說。
「這兩個人從以前就是這副模樣。真的是從遇見以來就一直都這樣。實在是很不可思議。」
雅子阿姨也傻眼地搖搖頭。
「這隻企鵝寶寶好可愛喔～莉子我也想要～」
只有年紀小的莉子，一個人跟布偶小麻糬玩著扮家家酒。
噗、噗咿喔……小麻糬朝這邊投來欲言又止的視線。
「對了，莉子，妳上次是不是有說過，在這個家裡看到不認識的女孩子。」
我為了引開莉子的注意力，提出這個問題。
「嗯！對呀，她叫千代，陪我玩了彩色玻璃彈片、翻花繩……」

小希一臉嫌棄地說道：

「莉子，那一定是妳在作夢啦。」

「才不是作夢！她真的在！」

莉子氣憤得整張臉都圓鼓鼓的。小麻糬從莉子的手臂咕咚地滾到地上，我趕緊從桌面底下把他拉過來，救他脫離魔掌。

小希好像堅持不願相信莉子真的有看見那女孩，但我跟馨都曉得，莉子說陪她玩的那個小女孩的真實身分。

我們明明很清楚莉子並沒有說謊，卻不能幫她說話，內心很是焦急。

「那個小女孩……我可能知道。」

這時，雅子阿姨突然輕聲說道。

「我小時候……也曾經在佛堂跟不認識的女孩玩耍。她留著黑色妹妹頭、穿著紅色短外褂，陪我一起玩翻花繩、彩色玻璃彈片或是摺紙。」

「……」

我大吃一驚。

因為她描述的外貌，確實是棲息在這個家裡的座敷童子，千代童子。

「就是她！陪莉子玩的千代，沒錯！」

莉子頓時滿臉喜悅，抱住雅子阿姨。

「不會吧——怎麼連姑姑都講這種話？饒了我吧～」

「啊哈哈。因為我記得很清楚呀。那剛好是我媽媽……妳們沒見過的奶奶過世後的事吧。」

阿姨溫柔撫摸莉子的頭，彷彿陷入遙遠的童年回憶般，悄悄地微笑。

「我坐在佛壇前看著媽媽的照片一直哭，那時她來到身邊安慰我，陪我玩。我當時還想說，這個人我不認識耶。可是……現在回頭想想，咦？她是誰呀？不會是座敷童子吧？亂講的啦。呵呵。」

我再次大吃一驚。

雅子阿姨居然看過妖怪。

馨似乎是最意外的人，他的神情透著些許孩子氣，凝視著自己的媽媽。

馨的那張表情，在我眼裡不知為何看起來非常、非常落寞——

「啊啊～討厭啦。我好像開始害怕起來了。這個家原本就長得像會出現座敷童子的模樣。今天晚上要是睡不著，都是姑姑害的啦！」

「啊——抱歉抱歉，小希。」

阿姨輕笑起來，伸手搓搓小希的背。

接著，低頭看了手機一眼，「啊」了一聲。

「工作上有點事，我去一下馬上回來。啊，還沒放洗澡水。」

「啊，我來放就好了。媽媽，妳快點去吧。」

「……這樣呀，謝謝。」

剛剛，馨在來這裡之後，第一次叫雅子阿姨「媽媽」。

阿姨好像也注意到了這件事，眼睛有些不自然地眨了眨。

馨看來是脫口而出後才意識到，但他一臉平靜地朝浴室走去。

叫自己的母親「媽媽」，原本是再自然不過的事情。但對他們來說，就連這種理所當然的事，都不再理所當然了。

正因如此，只有短短兩個字的一聲「媽媽」，具有相當重要的意義。

「那、那我出門囉。我很快就會回來。」

「路上小心。」

另一邊的雅子阿姨則顯得有些手足無措，雙唇微微顫抖，從後門離開了。

晚上九點左右。小希和莉子去洗澡了，我跟馨決定趁這個沒人在的空檔，跑去別館瞧瞧。

但董婆婆已經走出別館，坐在中庭的椅子上，靜靜地仰望天空。望著盃山正上方，那顆今夜也十分美麗的月亮。

她剛才明明還在睡覺……

「晚安。」

我跟馨踏進中庭，出聲打招呼。

菫婆婆赤著腳，皺巴巴的和服底下伸出的手腳都很細瘦，滿是皺紋的雙頰，皮膚已然鬆弛。她的背伸不直，要看向上方顯得有些辛苦，但她還是凝望著極為遙遠之處。

「羽衣……羽衣……」

簡直像在念經一般，持續低喃著。

我在菫婆婆面前彎下腰，直視她的雙眼。

「羽衣是去盃山上那個世界的工具嗎？羽衣在哪裡呢？」

「……啊……啊啊……」

菫婆婆抬起臉，發出不成話語的聲音，淚水倏地滾落。

我用自己的手指擦去她的眼淚。那淚水十分冰涼……

「拜託。」

別館的簷廊上，千代童子不知何時已經佇立在那兒。

「幫我找小菫的羽衣。她失去羽衣，一直都沒辦法回到那裡。」

她神情憂傷，雙眉下垂，走到菫婆婆身邊，懇切地拜託我們。

「妳說的那裡，就是指盃山山頂的那個世界？」

「……嗯，沒錯。」

「結果那個『羽衣』在哪？」

「我要是知道，就不用這麼辛苦了。只是，羽衣應該被朝倉清嗣藏在這個家的某個地方了。」

她的話讓我和馨都詫異不已。

「外公？這到底是怎麼回事？」

月人降臨傳說。穗使瀑布的天女傳說。盃山山頂上的異空間。羽衣。

還有，馨的外公朝倉清嗣將羽衣藏起來，這項新得知的事實。

我跟馨腦中一片混亂。

千代童子瞇起眼睛，開始輕聲陳述。

「小董是三百年前在天日羽村出生，能夠看見妖怪的人類姑娘。」

「三……三百年前！」

那遠遠超過人類的壽命了。

「由於某種原因，她在穗使瀑布投水自殺，被帶去了盃山的『月代鄉』，然後嫁給天日羽的守護神『月人大人』為妻，成為身穿明月羽衣的長壽天女。」

「意思就是，她是神明的新娘？」

「嗯，沒錯。」

這樣一來，我們就明白在盃山山頂遇見的那位蒙眼青年，他的真面目到底是誰了。

「可是，小董有次下來這一側的世界時，失去了羽衣。羽衣具備進入月代鄉所需的『鑰匙』功能。失去之後，就沒辦法回到那裡，也沒辦法見到心愛的丈夫，只能一直逗留在現世中。她身上的時間流動也變回跟人類一致，逐漸老去。看來已經撐不久了。」

「……」

千代說董婆婆明白自己的大限將至，所以最近經常在家中走動，四處尋找羽衣。想要在生命走到盡頭之前，再見丈夫一面。

那份心情，我痛徹心扉地懂。

「我們該怎麼做才好？」

「一定要找出小董的羽衣。朝倉清嗣以前藏起來的那件羽衣。」

千代童子站在簷廊，向外高舉雙臂，她張開雙手時，灑下數不清的彈珠。玻璃珠敲在石階上的撞擊聲、滾動聲，如波紋般漾開、滲透進我們的意識。

這應該是一種催眠術吧。

「小董已經沒辦法用自己的嘴巴描述事情經過了。我出一點力，來告訴你們吧。小董的過去，還有朝倉家一連串的『罪孽』。」

有聲音傳來。

嘆息的聲音。

以及，「我不想死」的叫喊聲。

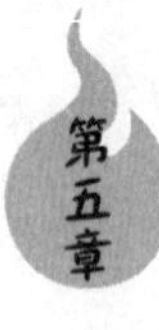

傳說的秘境（四）

——那裡是，盃山西側的崖頂。

——一旁，瀑布轟隆傾瀉著。

「不要。我不要不要不要！」

太鼓震耳欲聾的聲響，火炬上的熊熊烈焰。

笑臉。哭臉。憤怒的臉。

有好多人戴著跟天泣地藏相似神情的面具，緩緩排成一列。

在行列尾端，是一位雙眼被蒙住、雙手被綁起來的少女。

「我不想死，我不想死……」

少女渾身發抖，拚命大喊，雙腳往左右張開，使勁踏著地面，但成年男人們依舊在她的腿綁上大塊岩石……

在響徹雲端的祈禱聲中，少女連人帶石地被推進瀑布底端的水潭。

「天日羽的守護神呀。請您納她為妻吧。請平息您的怒氣與悲傷。」

這是……活人獻祭。

腦海中閃動的畫面，應該就是白天去過的「穗使瀑布」。

如果這是菫婆婆的記憶，那她在遙遠的過往，曾經被迫成為天日羽的活祭品，被迫跳下那個瀑布自殺。

有聲音。我聽到她心底的嘆息。

〇

為什麼是我？

為什麼是我當活祭品？

原本應該是她當活祭品才對，但她跟我的未婚夫私奔了。

颱風接二連三地襲擊天日羽，村裡長老認為是「月人大人哭泣所致」。

從月亮降臨我們村落的守護神。

既然那位神明獨自一人很是寂寞，我們就獻上女子給他做妻子，止住從盃中滿溢而出的淚水吧。

村人想起幾乎要遺忘的月人信仰，決定要獻出活祭品。

活祭品必須是年輕貌美的姑娘，或是身分崇高的女子。

全村最美的女孩明明是她。但下一個候補人選，就是長老家的女兒，正好適齡的我。

我以出嫁的名義，被當作活祭品獻給天日羽的守護神。

水底好暗。

冰冷的泡沫和瀑布的水流不停拍打我的身軀，我一路往下沉。

好難受。沒辦法呼吸了。

我好恨。我恨，恨所有人。

還來。還我。把我的人生還來。

在我勉強以憎恨維繫幾乎要消失的意識時，水底發出球形的黃色光芒。

我應該要繼續往下墜落的，不過……

不知道為什麼，從那球形黃光中伸出了一隻手，一把拉住我。

我原本以為自己會被拖進去，卻似乎反被往上拉了起來。

「……」

只聽見水珠滴答滴答滴答滴落的聲響。

拉我上來的，是一位沉默的青年。

他有一頭不曾在這附近見過的淺金色頭髮，雙眼上蒙著布。

身穿圖案奇特的和服。看著他神祕的外貌，我一時間說不出話來。

咦？我還活著？

「你是誰？是你救了我嗎？」

我環顧四周，剛剛還在這兒的村人眼下一個都不剩，只有三座風車聳立的古老神社、立著成排石像的參道，還有背後高掛的巨大滿月。

這裡到底是……

『我的名字是月人。這裡是代替月亮的故鄉，「月代鄉」。』

那位青年的聲音在腦海中響起。

他不開口說話，但似乎能夠直接傳達想法。

這就是我跟村莊的守護神——月人大人的相遇。

「月人大人，你真的是從月亮來的嗎？」

『嗯，沒錯。很久以前，乘著雲船過來的。』

他說這個月代鄉，是模仿月人大人的故鄉做出來的結界。

雲船已經損壞不能飛了，現在則用來維持這個月代鄉的運作。月人大人這麼說明。

神社後方高聳的三座風車，也是用月亮的技術製作出的雲船遺跡。

人類沒辦法進入這個場域，月人大人也同樣不會去下界。

過去也曾有許多女孩子因月人信仰而被迫跳下瀑布，但能被月人大人拉起來的，就只有我一個。

原因是我從小就擁有「看見」非人存在的力量。

他將慘遭拋棄的我帶到「月代鄉」，讓我留在身旁當他的妻子。

下界的人類稱呼月人大人的妻子為「天女」，伴隨月人信仰悄悄奉祀著。

在隔絕於無常塵世之外的這個世界裡，悠緩光陰之流中，我跟月人大人孕育著靜謐的愛情。

遭受背叛的哀愁，面臨死亡所感受到的恐懼及痛苦，一點一滴地治癒。

『這件羽衣是用雲船殘留下來的素材製作的，能夠操縱風，也能在空中翱翔。』

有一天，月人大人送了我一件閃著繽紛彩雲光輝的美麗羽衣。

他大概是看我一直待在這兒，怕我無聊吧。

嘴巴動也不動，雙眼也用布蒙著，但月人大人對我總是溫柔又體貼。

『只要有這件羽衣，就能穿梭那一側和這一側的世界，但絕不能回去人間界。這件羽衣會攝人心魂，要是羽衣被搶走，或者是丟失，妳就回不來月代鄉了。』

然而，我將月人大人的警告拋諸腦後，突然想起自己的母親。

我心裡盤算，只要有這件羽衣，或許就能去見母親一面。

當時母親到最後都反對我成為活祭品，哭得肝腸寸斷。好想跟她報聲平安，說一句我現在過得很好……

我憑藉羽衣的力量，乘著風在空中飛翔，越過盃山山麓的河流，飄然回到人間界。

不過，村落已經完全變了一個樣貌。

在我不知道的時候，時光已經流逝了超過兩百年。

我簡直就像是從龍宮回到陸地的浦島太郎。

自己的父母已經不在世上，認識的人一個都尋不著，只有這個村裡的天泣地藏依然沒有改變。我無計可施了。

夠了，回去月人大人身邊吧。

我決定後，便回到盃山與村子交界的那條河流。但或許是久未踏足人間界，消耗了過多精力，抑或是晒了太久夏季的陽光……

我的意識逐漸朦朧，倒在地上暈了過去。

「——妳沒事吧？」

有聲音。水流進口中的冰涼感，讓我跳了起來。

在我的周遭，圍繞著沒見過的村人們。

妳叫什麼名字？從哪裡來的？怎麼會倒在這種地方呢？

「啊……啊，啊……我、我……」

面對那些人類的疑問，我連句話都講不完整。

因為與月人大人相處的漫長歲月中，就算不開口也能溝通彼此的心意。

然後，我才終於發現。

在我昏倒的期間，羽衣不見了。

這意味著我再也沒辦法回到月人大人的身邊。

一定是有某個人類受羽衣誘惑，把它搶走了。

我失去容身之處，由這一帶的地主朝倉家僱用我為包食宿的傭人。朝倉家也是那個長老家的直系子孫。

這一家的長男朝倉清嗣，是最早發現我的人。

我結結巴巴地拚命說出，我的羽衣不見了。結果只有那個人認真地聽進去了，向我保證一定會幫我找出來，然而……

從某一天起，他就像在隱瞞什麼似地躲避我。

關於羽衣，他肯定知道什麼，錯不了。

如果你知道羽衣在哪裡，拜託。

拜託。我求你。

把羽衣還我。

○

倏地，意識回到現實。

我眨了眨眼睛，甩了甩頭，讓大腦習慣現實世界。

馨也再次闔上雙眼，先長長地深呼吸，才又睜開眼。

「我大概了解情況了。」

「嗯。」

董婆婆的悲傷和寂寞，鮮明地傳達過來。

愛上拯救自己性命的對象，並與其結為夫妻。那段過程跟境遇，和往昔的茨木童子有幾分相像。

「得找出羽衣……」

「嗯，當然。」

董婆婆坐在中庭的椅子上，駝著背又沉入夢鄉。

馨抱起董婆婆，從敞開的簷廊進入別館。

再讓她橫躺在床上，神情憂傷地低頭望著她。

「如果外公真的知道羽衣的下落，那線索或許就在這個家裡。我們要把它找出來，一定要找回羽衣還給董婆婆。那是……我作為朝倉家後代的責任。」

那不是出於馨是酒吞童子轉世的緣故。

而是以繼承朝倉家血脈的一個人類，天酒馨的身分。

如果剛剛那段記憶是正確的，那朝倉家原本是這塊土地的長老一家。換句話說，董婆婆是馨好幾代以前的祖先。

業力輪迴，終究是收攏在這個家族上。

過世外公未完成的任務，馨已有覺悟要承擔。

「雖然是個艱難的任務，但能夠解決這件事的，一定就只有你跟我了。董婆婆肯定一直在等待能夠了解情況的人到來吧。」

「嗯。」

我們還是一對連她的傷痛都能夠理解的「夫婦」。

「千代，關於羽衣的下落，妳什麼都不知道嗎？」

千代童子搖了搖頭。

「……朝倉清嗣常常出門調查。在這個家外頭發生的事，我沒辦法干涉。而清嗣在家時，幾乎都待在書房裡。那邊又貼著除妖的符咒，我進不去。」

「符咒？」

我們對看一眼，表情都有些奇特。

便將沉睡的堇婆婆交給千代童子照顧，急忙回到主屋。

朝倉清嗣的書房，位在朝倉家主屋的最裡面。

「任何人都不可以進到這裡。我以前曾被警告好多次。記得那時我的確想過，上面貼著好多奇怪的符咒喔。不過鄉下人家原本就會在東北角的門上貼符咒，所以我沒有太在意……」

拉門卡住了，馨硬是用力拉開。

門上確實貼著數不清的符咒，他是從哪裡拿到這些的呢？

他會貼不讓妖怪進入的符咒，就代表他知道有妖怪存在。馨的外公到底是……

「哇，這房間也太多書了吧。」

裡頭滿布塵埃，擺著滿坑滿谷的書。看起來主人過世後，並沒有人整理過。

積滿灰塵的書架毫無縫隙地並排挨著牆，從書名來看，有天日羽的相關文獻，也有記載其他地區傳說的書。

此外，還有像竹取物語、一寸法師、桃太郎、浦島太郎等日本古代童話故事。

其他還有妖怪圖鑑、陰陽術……

最讓人訝異的是，居然連大江山酒吞童子跟茨木童子的書都有。

「我不曉得外公花這麼多力氣在調查這方面的事。雖然有聽說過他是調查天日羽傳說的研究者。」

「我從剛剛就一直在想……你外公該不會是看得見吧？」

「怎麼可能？那樣的話我不可能沒發現……應該。」

然而馨似乎也不敢肯定，手抵在下巴上，喃喃說道：

「說不定只是有這個認知而已。譬如小時候有看過，或是有什麼機緣，讓他相信有妖怪存在之類的。」

的確有這種可能。在這一帶，像莉子和雅子阿姨那樣在小時候跟妖怪們接觸過的人類聽說不少。

我們連深入思考的時間也沒有，就再次開始搜索房間。

最重要的是羽衣。必須要找出跟羽衣有關的線索。

「這個……」

桌上有一疊紙，我啪啦啪啦地翻過後，發現上面有用鉛筆畫的圖。圓滾滾的綠色河童、用兩隻腳走路的兔子、桃紅色的青蛙等。

連神似這個家裡的座敷童子——千代童子的女孩畫像都有。

還有，這是，鬼？也有一張畫，畫著手拿狼牙棒，紅色的赤鬼……

「嗯？」

等一下。這隻赤鬼身上披著「羽衣」。

而且，他旁邊寫著小小的「山嵐」。

山嵐？好像有在哪裡聽過……

「欸，馨。」

我猜這可能會是個線索，想拿去給馨看。但他站在房間角落，正專注地盯著天花板。

「馨，你在幹嘛？不要偷懶啦。」

「才不是。妳安靜一下。」

接著，不曉得他是什麼打算，馨拿起長長的掃帚，往上戳了戳天花板。結果，天花板的一角掀開了。

「哇，咳咳咳。」

大量灰塵紛紛掉落。

在我咳個不停時，馨已經迅速搬來椅子，爬了上去，打算從掀開的地方，察看天花板上方的情況。

「真紀，妳壓一下椅子。」

「不如我把你抬上去好了？這樣還比較快吧。」

「不用，那種幫忙就免了。」

因此，馨忙著將頭探進天花板上方察看，而我扶好椅子，在他腳邊等待。

馨說了一句「有東西」，就伸手進天花板上方摸索，將那東西拉出，再從椅子上跳下來。馨手裡抓著的是，一個扁平生鏽的鐵盒。

「是餅乾盒耶。」

「不可能是藏餅乾吧……什麼呀，這個，是記事本？」

打開餅乾盒，裡面裝著一本厚厚的記事本。

馨取出那本記事本，快速地翻閱。我站在他身旁，以相同速度跟著看。

『天日羽是傳說的祕境。不過，真相只有我一個人知道。』

記事本的開頭寫了這句話。

內容幾乎全是字跡潦草的筆記。

還夾著像是天日羽地圖的紙張，上頭到處標了叉叉。簡直就像是每天都在天日羽四處走動，找尋什麼東西而一一畫上的。

『天女的羽衣，在來到這一帶山脈的「山嵐」手裡。』

某一頁寫著這句話，還像是要強調似地，外圍用筆圈了好幾圈。

「山嵐？」

剛剛在桌上發現的赤鬼塗鴉旁，也寫著山嵐。

我把從方才就一直拿在手上的那張紙，遞給馨看。

「山嵐就是這個喔。剛剛我在桌上發現的。肯定是你外公畫的。」

那是一張巨大赤鬼披著羽衣的畫。

「這麼說起來……秋嗣舅舅有說過，在天日羽也有惡鬼作亂的傳說。」

馨再度翻開記事本，發現在封面內頁夾著一張信紙，上頭貼有董花的押花。我跟馨對看一眼。

接著便小心翼翼地打開信紙，閱讀內容。

出乎意料地，上面的文字，應該是朝倉清嗣要寫給菫婆婆的道歉信。

『菫小姐，對不起。我雖然想將羽衣歸還給身為天女的妳，但我的生命似乎已經走到了盡頭。』

歸還……羽衣？

『只要手裡拿著妳的羽衣，就能再次看到小時候見過的那些妖怪。這讓我非常開心，忍不住想要再多擁有它一下。我原本是打算很快就要還給妳的，但在盃山山麓遭蠻橫的山嵐搶走了。或許我已經沒辦法還給妳了。失去羽衣的光輝之後，我再也看不見他們。畢竟如果沒有能夠看見的人在，就無法抓住山嵐。』

憑著這封道歉信，我跟馨大致明白了情況。

簡單來說，一開始拿走堇婆婆羽衣的人，果然就是朝倉清嗣。

可是，羽衣已經不在這個家裡了。被其他「什麼」搶走了。

「那恐怕就是名叫山嵐的赤鬼吧？」

「應該是。到底會在哪裡呢……啊。」

這瞬間，我想起來了。

今天去看「穗使瀑布」，那群手鞠河童背著行李移動時，口中嘟噥的話。

「今天去穗使瀑布時，那些手鞠河童好像有提到『山嵐』。說端午節前一天晚上，會到那個瀑布來飲酒作樂，還說什麼要向傳說復仇之類的。當時我完全聽不懂是什麼意思，聽過就忘了。」

「向傳說復仇嗎？看來，總之必須要先找到赤鬼。」

「嗯。我們趕快去穗使瀑布吧。端午節前一晚，就是今晚了。」

「……嗯。」

有頭緒了。連起來了。可以解決圍繞著羽衣的這起不可思議事件的切入點。

但是，正當我們要踏出朝倉清嗣的書房時……

「等一下，你們兩個，在那邊幹嘛？」

被從工作地點回來的雅子阿姨，撞個正著。

從她去世父親的書房中走出來，又弄得滿身灰塵的我們，讓她嚇了一跳吧。這是肯定的。

「我們在找東西。外公好像弄丟了董婆婆很重要的東西。」

「……啊？」

看到阿姨的反應，馨的表情透露出些微的尷尬。

媽媽大概又覺得自己在講奇怪的話……

他內心一定是這樣想的。我用膝蓋想都知道。

「那個，阿姨！剛剛董婆婆有來過主屋，跟我和馨說明了情況。所以，得把羽衣還給婆婆才行……」

「董婆婆？她應該已經幾乎沒辦法說話了。」

「那個，就是……」

我明明是先想好才開口的，結果卻落得這種下場。

就算解釋說是座敷童子讓我們看見堇婆婆的過往，雅子阿姨肯定也不會接受。

就是這樣，所以看不見的人總是無法理解我們的話語跟行動，只會覺得奇怪。

但要是在這裡輕言放棄，一切就跟以前沒兩樣了。

我伸出顫抖的手，放在馨拿著的記事本上。

「真紀，妳……」

「……馨，拜託。必須讓阿姨知道。羽衣的事。堇婆婆的事。你外公沒能完成的責任。馨，還有你自己的事。」

「……」

馨應該察覺到我想做什麼了吧。

他的神情比至今任何時刻都還要複雜，但他也沒有抗拒，鬆開手裡的記事本，垂下頭。

「阿姨……」

我正要做的這件事，是正確的嗎？

還是錯誤的呢？

我將朝倉清嗣的記事本，朝記事本主人的女兒，馨的媽媽，雅子阿姨遞了過去。

「請妳看一下這個。」

雅子阿姨應該覺得我跟馨的對話，還有這本記事本，有些可疑吧。但她默不作聲地接過去了。

我們請阿姨在書房的沙發坐下，藉著偶爾閃爍不定的電燈泡，翻看記事本的內容。

明明只過了短短幾分鐘，但現場實在太過安靜，感覺上好像在那裡呆站了好幾個小時一樣。那幾分鐘之內，我們緊張到都不知如何是好。

馨從剛剛就一直低著頭。

書房的拉門依然敞開著，就如同阿姨過來時的模樣。

小希和莉子應該已經洗好澡了吧？

我雖然有點擔憂她們沒看到人會不會擔心我們，但客廳的方向傳來了電視聲，不僅有小希之前說喜歡的偶像歌曲，還聽到秋嗣舅舅的聲音，我才稍微放下心來。在睡前這段時間，大家各自以喜歡的方式自由度過。

我們必須要解決眼前遇上的這個難題。

雅子阿姨好像看完那本記事本了，她把記事本輕輕地闔上。

「這是怎麼一回事……天女，是什麼？是指董婆婆嗎？」

理所當然的疑問。阿姨皺起眉頭。

馨總算是抬起臉，語氣沉穩地回答：

「媽媽，董婆婆大概有一半是人類，有一半不是。」

「說這什麼傻話呀？你……」

說到這裡，雅子阿姨立刻伸手掩住嘴巴。

我猜想這句話，以前她可能也對馨說過很多次吧。

馨的表情緊張到超乎以往，看起來也有幾分怯意。

我從沒有看過這樣的馨。

「馨……」

雅子阿姨也注意到馨那害怕的神情。

阿姨可能也是第一次見到馨這種表情。

「不過，堇婆婆幾乎不跟外界接觸，就算她不是人類，我好像也不會太驚訝。」

「……咦？」

阿姨輕聲拋出的這句話，讓我和馨都大感詫異。

「所以呢？到底是怎麼回事？天女是什麼？你剛才說她不是人類，但你又是怎麼知道的？」

要說明其中緣由，就必須向阿姨坦承一件事。

馨張開嘴巴，又閉上，不停重複這個動作。

我抓起馨的手緊緊握住，就像是在鼓勵他一般。

「真紀……」

「馨，你應該要說。」

那是極需勇氣的一件事。

「馨，雅子阿姨剛剛沒有否定你的話，你知道為什麼嗎？因為她想要努力去了解你喔。你要好好回應阿姨。」

那是我直到最後都沒能做到的。

正因如此，我希望馨能夠自己親口說出來。

馨像是下定決心，猛然抬起臉。

「那個，媽媽，如果……」

幾乎同時，馨像是倚賴著我般地握緊我的手，握到我都發疼了。

「如果我說，我從出生開始就一直看得見不是人類的東西，妳會怎麼辦？」

雅子阿姨睜大雙眼盯著馨看，一句話都沒有說。

她說不出話來，這也是理所當然的。

馨也差不多，他不確定坦白這件事是否正確，感覺不太有自信，雙眼蒙上一層陰影。

他像是要掩飾嘴唇的顫抖般，緊緊抿住雙唇。

如果媽媽不接受他的坦白怎麼辦？他害怕媽媽的回應。

「……如果，那是真的，很多事情就說得通了。」

不過阿姨說出來的話，出乎我們的預料。

馨慢慢抬起視線。

阿姨凝視著遠方，聲音沒有抑揚頓挫地繼續說：

「你小時候老是看向一些奇怪的地方，對著空無一人的地方講話。就算我問你那裡有什麼？有誰在嗎？你也只是一直搖頭……一開始我想說，這是小朋友才會出現的舉動吧。」

她像是正在回想馨小時候的回憶一般。

「可是，有一天我開始覺得那樣『不太尋常』。你常常帶著傷回家吧？看起來也不像跌傷的，問你發生了什麼事？是誰弄傷你了？你也總是冷淡地回沒事，連哭也不哭。」

「……」

「不管我怎麼想盡辦法要問你話，你總是什麼都不肯告訴我。如果我打算去醫院或警察局，你就會甩開我的手，冷冷地瞪著我說『不要』。」

「……」

「你那副模樣……非常恐怖。我不曉得你是在哪裡學會那種拒絕的『眼神』。面對一個孩子，我害怕到渾身發抖。」

「……媽媽，對不起。」

馨也記得吧。

他神情苦澀，又垂下眼，只拋出一句道歉。

雅子阿姨只是不住苦笑。

「有好幾次，我曾經在你旁邊感覺到很奇異的氣息，讓人不寒而慄，感覺很不舒服，就好像有什麼東西一直待在你旁邊一樣。」

阿姨毫無隱瞞。

吐露她長年埋藏在心底的真心話。

「我一直覺得很詭異。我明明是你媽媽，卻連你到底是『什麼』都搞不清楚，所以失去了身為母親的自信。再說得更直接點……好像真紀遠比我更了解你……好像跟真紀相比，你根本不需要我一樣。」

阿姨瞥了我一眼。

我不躲不逃，正面承受阿姨的話語。

嗯，我很清楚。阿姨一直因為我而感到痛苦。

「真紀，難道妳也是嗎？妳也跟馨一樣看得見嗎？」

「……對。」

我肯定地點頭，已經沒有必要繼續隱瞞了。

「這樣呀，那我就更加明白了。」

阿姨長長地吐出一口氣，將長髮甩過肩膀，重新撩到耳後，繼續朝馨拋出疑問。朝著一直低垂著頭的馨。

「不是人類，是什麼意思？是指妖怪、幽靈這類嗎？」

「嗯，差不多啦……」

「堇婆婆的這件事，也跟你說的不是人類的存在有關係嗎？」

「……嗯。」

雅子阿姨是接受了？還是在自暴自棄呢？

馨給的回應都不太具體，但雅子阿姨連一絲怯意都沒有，繼續逼問馨。

「你為什麼不早點告訴我呢？你要是跟我講，以前你那些一直讓我覺得很恐怖的言行，我就能夠了解了呀。」

「……」

「……不，不會，我不會了解的。你不可能說得出口。既然對象是當時的我跟那個死腦筋老爸的話。不是你的錯……對不起。」

雅子阿姨左右搖搖頭，在剛剛得知了各種事實及資訊後，一次又一次想要理清混亂的頭腦。

我明白，她正拚命用這樣的方式，想要接受馨。

絕非在否定他。

不過，還是有些難以置信。

那是當然的，因為阿姨看不見。

「那為什麼，你現在卻改變心意告訴我了呢？以你的個性，肯定是到最後……都不打算講的吧。」

「為什麼呢？回到這個村子，我有種感覺，如果是現在，妳說不定會相信我。說不定，願意理解我……」

馨淡淡地回答，按捺著心中的複雜感受和擔憂，不確定自己說出來是對的嗎？還是錯的？靠近這個人好嗎？還是保持距離好？

看起來他還不確定阿姨是否真的會接受他，仍然在觀察情況。

「不過，對不起。這種事，讓妳很不舒服吧。只是讓人害怕而已。」

但雅子阿姨若無其事地回應：

「還好。老實說，有一些地方跟我在照顧堇婆婆時，她無意識講出來的話一致。像是羽衣呀，天女之類的。」

接著，雅子阿姨將目光落在腿上的記事本，輕撫陳舊的封面。

「這本記事本裡的字，毫無疑問是爸爸的筆跡。他過世後我處理了各種文件，所以很清楚。爸爸雖然是個奇怪的人，但他絕對不會撒謊……」

然後，她又抬起頭望向馨。

「所以呢？你打算怎麼做？」

「我想要把羽衣還給堇婆婆。外公沒有完成的事，該由我來解決。由看得見的我。」

馨依然皺著眉。

「媽媽，拜託妳，現在立刻帶我跟真紀去穗使瀑布。」

他說完，就朝自己媽媽鞠躬。我也在馨的身邊一起彎下腰。

面對這誠懇的請求，阿姨再度凝視著我們，緩緩呼出一口氣。

「……我知道了。」

算是答應了。

想必阿姨還沒辦法百分之百相信吧。她應該還無法完全想像真實的情況吧。

可是她決定無論如何都要相信馨。

相信那個過去自己總是懷疑的兒子，剛剛說的話語。

「咦？在這種大半夜出門嗎！」

原本正在刷牙的秋嗣舅舅驚呼出聲。

正在看電視的小希也驚訝地睜大雙眼。

而莉子不知何時，早就抱著小麻糬布偶在沙發上睡著了。

我輕手輕腳地從莉子懷中把小麻糬救出來。辛苦你了，小麻糬。

「到底為什麼？姊姊，你們要去哪裡？」

「都是馨啦，他說什麼都想帶真紀去一趟夜間兜風。」

「媽媽，妳！」

馨被安上這麼羞恥的罪名，頓時雙頰漲紅慌了手腳，但一時又想不到更好的藉口，只好站在阿姨後頭懊惱地發出「唔……」。

我輕拍他的肩，就像在安慰他「算了啦」。不是很像你這個年紀的男生會做的事嗎？

「姊姊，妳沒喝酒吧？」

「沒喝啦……在馨面前我怎麼可能會喝。」

然後，阿姨就抓起車鑰匙，對我跟馨下指令。

「馨，真紀，走囉。坐我的車。」

憑藉著後門的燈光，馨坐上阿姨隔壁的副駕駛座，我則跟小麻糬鑽進後座。

阿姨並沒有注意到小麻糬的存在，但其實他已經回到原本的小企鵝樣貌，從剛剛就一直大打呵欠。

車窗外，可以看見千代童子站在別館的外廊。

她一臉擔憂地將雙手貼在窗戶玻璃上，我用唇語無聲地對她說「等我們回來」。

鄉下的夜晚驚人地黑暗，在寂靜的道路上，只有我們這一輛車奔馳著。

通往穗使瀑布的道路有鋪柏油，即使晚上也暢行無阻，但越接近那裡，我跟馨就越清晰地察覺到妖怪們狂亂的靈力。

我們請雅子阿姨把車停在停車場，馨叫她在這裡等著。

「啊？你在說什麼呀。我怎麼可能讓你們小孩子自己去。」

「可是前面很危險，我跟真紀就算了，媽媽妳是普通的人類……」

「為什麼你跟真紀就沒關係？」

「那個……」

雖然她現在知道了我們看得見妖怪，但還有一件極為重要的事，沒有向她坦白。

那就是，我們上輩子是「最強的鬼夫婦」。

「總之，妳待在這裡等。等我們從山嵐手中搶回羽衣，回去後再好好跟妳說明。」

「說什麼要搶回羽衣……等一下，馨！」

馨下了車。

「阿姨，這隻小朋友要麻煩妳照顧一下了。」

「咦？這是什麼？」

「噗咿喔～」

企鵝寶寶小麻糬舉起一邊翅膀，跟雅子阿姨打招呼。

「唔哇啊啊啊啊啊！」

阿姨的尖叫聲從背後傳來。我們朝靈力氣息濃烈的瀑布趕去。

小麻糬，你要好好保護阿姨喔。

萬一發生了什麼事，我們可以清楚聽到小麻糬的叫聲。

「真紀，妳看那個。」

我們躲在草叢後，觀察因為那群非人生物而喧譁吵嚷的河岸。

「是鬼耶。」

「全都是中級以下的。不過，是鬼沒錯。」

一群鄉巴佬氣息的巨漢鬼。他們沒有化成人類模樣，大剌剌地頂著尖角，在河岸烤肉、喝酒、開派對。

每個傢伙的打扮都像老派暴走族，河堤上還停著一排機車，隨意使喚來不及逃走的手鞠河童和山裡的妖狸，強勢而志得意滿。

「這是怎樣？現代很少見到的，群聚在一塊兒自吹自擂的鬼軍團嗎？」

「看起來是耶。山嵐……好像不是某一隻鬼的名字，而是這個團體的名字。」

我會這麼判斷，是因為那群鬼披在身上的長襬特攻服，上頭大大地寫著「山嵐見參」、「四露死苦山嵐」、「矢舞亞亂死！」（註4）等字樣。

虛張聲勢派的嗎？這實在有夠老派耶。

註4：「四露死苦」日語讀音同請多指教。「矢舞亞亂死」日語讀音同山嵐。

不過，朝倉清嗣的房間裡找到的那張圖，畫的應該是赤鬼……

「對了頭目！你講一下那個故事，羽衣的！」

這時，一隻瘦巴巴的黃鬼舉起酒瓶，朝著誰這麼說道。

結果坐在最裡頭的一隻鬼，緩緩站起身。

「啊啊，那個呀。沒問題。」

啊，是赤鬼。而且還梳著飛機頭。

就算他是赤鬼，仍然看得出他已喝得滿臉通紅，帶著幾分醉意，站在巨大的岩石上，從懷中掏出某樣東西。

「啊……」

那是散發出繽紛光輝的半透明羽衣。四周明明沒有風吹動，它卻輕飄飄地浮在半空中，閃耀著精巧的亮光，朝著天上的月亮閃呀閃、閃呀閃……

赤鬼得意洋洋地將它纏繞在手上。

「驚人地不相配耶。」

「太糟蹋華美的羽衣了。」

我們將他批評得一文不值，但這可是真心話。

虛張聲勢派的赤鬼，只是得意洋洋地炫耀著手上的羽衣，開始講起當年勇。

「這個呀，是傳說中隱居在盃山山頂，一個好像叫作月人的，利用月亮的技術做出來的天女羽衣。只要有它，不但可以操縱風、降雨、捲起暴風，就連在天空翱翔也不過是小事一件。」

接著，赤鬼在腳邊捲起如漩渦般的風勢，當場浮了起來。

雖然看起來只是浮在半空中，不能說是飛起來，但也算是離開地面了啦。他豪氣萬千地雙手扠著腰。

麾下的小鬼問道：「這是在哪裡得到的呢？」我猜，這裡的那群小鬼應該聽過這件事無數遍了。

「哼。我從某個人類手中搶來的。那人也是從天女那兒偷走羽衣的壞胚子。只要拿著這件羽衣，就連人類也能看見妖怪。那個人類拿著羽衣，在天日羽到處觀察妖怪，偷偷摸摸地進行調查。人類就算看得見妖怪，也做不出什麼像樣的事呀。根本是白白糟蹋了羽衣這個寶貝。所以我就給他搶過來了！」

虛張聲勢派的赤鬼將羽衣披在身上，得意洋洋地哈哈大笑。

接著，伸手指向正上方的明月，高聲宣告：

「只要有這個寶貝，就能向那些過去把我們打成落水狗，趕到這種鳥不生蛋鄉下的『英雄』報仇！不管是桃太郎、金太郎還是一寸法師都一樣！」

「喔喔喔喔喔喔～」

「我們是最強的鬼軍團，山嵐！而本大爺是歷代最強的赤鬼！明天是端午節，是吹捧那些殺鬼英雄，最糟糕的日子，但這一天也最適合鬼族的復仇大戲了。原本散落各地的眾鬼們也終於聚集在一塊兒！首先，我們要把鯉魚旗祭典弄得天翻地覆，讓那些人類小鬼哭得呼天搶地後，再如疾風一般騎著機車到東京去！在東京大鬧一場，讓人類瞧瞧我們的厲害，把端午節改成鬼族的節日！」

「喔喔喔喔喔喔喔～！要捲起一場大風暴囉～！」

叭———叭———

我開始感到自己好像是看了一場無聊到極點的爛戲，而馨則一臉認真地說「原來如此呀」。

「這些傢伙是鬼的『落人』集團呀。」

「落人？」

「就是指過去打敗仗而逃亡的傢伙。不是有什麼平家的落人傳說嗎？剛剛那個看起來像頭目的赤鬼不是有說，他們被桃太郎、金太郎、一寸法師等代表性的驅鬼英雄打敗了，才逃到這裡來呀。」

「啊啊～這裡不愧是叫作傳說的祕境呢。」

可是，對我們來說也並非不相干的事。

仔細觀察面前那群鬼……

「好像有幾個鬼……曾經在哪兒見過耶……」

「在金太郎的故事裡吃敗仗的鬼，就是大江山的鬼。就算這裡面有幾個大江山倖存的鬼也不奇怪，只是有點丟人罷了。」

「怎麼這麼複雜呀，有點沒勁了……」

金太郎指的是，跟我們有些淵源的坂田金時。

坂田金時是源賴光的四大天王之一，現代的童話故事因為是要給小朋友看的，內容簡化許多，而且金太郎還被描寫成一個大英雄，但實際上踏破全世界也找不出幾個像他那麼殘酷、內心徹底扭曲的傢伙了吧。

「很多事都牽連在一起了呢。我們當時的落敗，居然一路牽扯到這種地方。」

「嗯……是呀。這樣的話，收拾殘局也是我們的責任。」

傳說的祕境。

沒想到居然會跟我們千年前的故事有關。

我們不再躲藏，走出草叢，光明正大地在飲酒作樂到興頭上的那群鬼面前現身。

「說要在兒童節讓小朋友嚎啕大哭的無恥鬼，是哪一個呢？」

「飆車到東京作亂這種像小朋友胡鬧的愚蠢行為，你們還是免了吧。會被陰陽局的退魔師在一眨眼間殺掉喔。」

他們聽了，當然忍不下這口氣。

「妳說小朋友胡鬧～？」

手拿羽衣、看來像是頭目的赤鬼，甩著長長的飛機頭和羽衣回過頭。

「頭目，這兩個傢伙是人類，但好像看得見我們耶！」

那群鬼吵嚷起來。小鬼、鬼火、黃鬼、青鬼、還有長得像秋田生剝鬼的。

被其他人稱為頭目的赤鬼額頭浮現青筋，正惡狠狠地瞪著我們，用彷彿暴風雨前的寧靜般的語氣平靜詢問：

「以前我有遇過看得見的人類，但那傢伙是因為手上拿著羽衣。你們兩個是怎樣？為什麼看得見我們？」

「因為呀，我們就是這種人類囉。」

我說完，便立刻將插在那台經過魔化改造的機車旁、寫著「四露死苦山嵐」的旗子拔起，將布面劈里劈里地撕下丟開。我想要的只有那根棒子。

「啊啊啊啊啊啊啊。」

「妳這混帳，居然破壞我們重要的旗子！」

「而且還是頭目的大旗！」

那些鬼怒氣騰騰地大吼，但我完全沒放在心上，當場揮起那根棒子，讓身體習慣它。

「妳這個王八蛋，居然把我為明天新訂做的旗子弄成這樣！」

「算了啦，別講這種話，反正——」

我手裡依然抓著那根棒子，如山豬般朝前方猛然衝去。

「你今晚就會發現用不到了！」

我的目標是他們的頭目，拿著羽衣的赤鬼。

那些鬼小弟像道牆般聚集，擋住我的去路。有些是高舉鐵管或鐵棍的小混混模樣，也有揮舞著長刀或狼牙棒的正統派。

無論風格新舊，所有的鬼我都要一網打盡。

「飛到月亮去吧！場外再見全——壘打！」

我揮落細長的棒子，在空中劃出一道弧線，把那些小嘍囉全都打飛，一隻不漏。

那些鬼像搞笑漫畫般一邊「啊——」地慘叫，一邊飛散各地，而穗使瀑布的手鞠河童也跟著「啊——」地叫著目送他們。

「啊，是誰掉了一根狼牙棒呀。我換把武器好了。」

我悠哉地交換武器。鬼還是要拿狼牙棒才相配。

「真紀，後面！」

馨的叫聲傳來，而帶著殺氣的風之刃跟著從背後逼近。

我知道馨早就在我的四周布下結界了，因此我動也不動，只是盯著那個方向看。

「啊……」

風撞上透明的牆壁，行進軌道朝預想外的方向偏移，砍得周圍樹林東倒西歪，河岸邊的大岩石應聲裂成兩半。

要是中了那個攻擊，瞬間就會要命呀……

「混帳。真紀，妳不要掉以輕心！」

「我沒有掉以輕心喔。只是想被你保護一下而已。」

「……可惡！可惡！」

馨不知為何非常懊惱，但現在可不是拌嘴的時候。

我將狼牙棒扛上肩，瞪視著剛剛放出風刃的頭目赤鬼。

「這是怎麼回事？羽衣的風勢居然沒效……」

頭目赤鬼運用羽衣的力量飄浮在半空中，氣憤地咬牙切齒。

話說回來，那羽衣的力量真是驚人。

我環顧四周宛如颱風肆虐過境後的景象，不禁佩服起它的威力。

可是……那件羽衣，原本是堇婆婆的所有物。

並不是用來傷害他人、造成破壞的物品，僅僅就是贈送給心愛的對象、心意純粹的禮物才對。

「好了，只好讓你交出來囉。」

我再次握緊狼牙棒衝向前，在頭目赤鬼的眼前高高躍起，從正上方揮落棒子。

頭目赤鬼身上仍披著羽衣，他拔出插在腰際的太刀，接下狼牙棒。

可是，面對這股簡直要將他壓入地面的壓力——

「唔……好重。」

「呵呵。這樣就不行啦，最強的赤鬼這個名號都要哭囉。如果你想要打著這個招牌，就得先打倒第一代的最強赤鬼，我！」

「唔唔啊！」

那隻鬼頭目儘管差點就要被壓扁了，仍是憑藉羽衣的力量將我輕盈的身子彈飛出去。

再朝著宛如紙片般在高空中飛舞的我……

「斬！」

毫不留情地，施展出風之刃。

我在半空中調整姿勢，將狼牙棒拋擲出去，把其勁道幾乎全數打散，但同時，我因此重心歪斜，整個人失去平衡，被強風吹飛。

「真紀！」

我朝著河面正中央直直落下，馨衝來半空中接住我，並在河中央的大塊岩石上降落。

「接得漂亮，馨。好像有點好玩耶。」

「混帳。這可不是遊樂設施。」

我們拌嘴時，待在河岸上的那些鬼開始害怕起來。

「這兩個傢伙不是普通人類。」

「頭目的得意招數風之刃，居然這麼輕易就被破解了。」

「哼，怕什麼！他們現在困在河中央，逃不了的！」

其中稍微還有點幹勁的中級青鬼，帶著一群手下，朝河這邊發動襲擊。

「咦？你的臉我有印象。你原本待在大江山嗎？」

「……欸？」

馨站在河中岩石上，對著那隻中級青鬼發問。

青鬼先是愣在原地，抬頭盯著馨看。

「怎麼可能……」

只要曾經熟悉那道眼神，要明瞭他是誰，並不需要花太多時間。

青鬼的眼睛越睜越大，嘴巴張得老開，原本就青色的臉更是發青。

「大人，大人，您怎麼會在這種地方？」

他的身體就像是自己動了，青鬼猛然跪地，一邊喊著請原諒我、請原諒我，一邊不斷磕頭，額頭在水面上頻頻敲出水花。

「不可能。」

「騙人的吧……」

發現的似乎不只那隻青鬼而已。有一些鬼將刀丟進河中，主動跪下。

月亮高掛身後，馨渾身散發出凜然的存在感。

「我的王，我的王。」

「我的王回來了……」

那群鬼紛紛朝向那道身影膜拜，似乎不敢直言他的名諱，只是一個勁兒地哭泣。

在不明瞭前因後果的人眼中，肯定會覺得這個畫面看起來十分詭異吧。

頭目赤鬼說：

「喂！你們這些傢伙！怕什麼呀！連人類小鬼都怕，哪還有可能向傳說報仇！」

但是，剛剛還響徹雲霄、幹勁十足的應答聲不再響起。

這原本就是一群暫時湊成的鬼軍團，一部分的鬼失去鬥志，那股頹靡心情便立刻擴散開來。

「放棄吧。你贏不過馨的。當然也贏不了我啦。」

我仍被馨抱在懷裡，此時輕巧地一躍落地，揚聲說道。

「投降吧。然後乖乖給我把羽衣交出來。」

我用蘊藏著赤紅色靈力的雙眼，掃視那些鬼。

「是夫人……」

「連夫人都……」

「我想起來了，我有聽過傳言，說茨木童子大人在淺草以人類身分復活了。」

「也就是說，酒吞童子大人也再次降臨現世了嗎？」

逐漸地，那些鬼開始領悟眼前這兩個人類的真正身分。

在鬼的世界裡，看起來不過是一個小鬼和小姑娘的我們，究竟是何方神聖。

這也是另一個傳說的外傳了。

不對，應該說是傳說的續集吧。

那對出名的鬼夫婦，酒呑童子和茨木童子，轉生成了人類——

「酒呑童子跟……茨木童子？」

那隻頭目赤鬼總算領悟事情真相，但他仍舊捨不得羽衣，在手中握得更緊，咬牙切齒地瞪著我們，渾身都是敵意。

「你是靠那件羽衣的力量，才能讓這些鬼信服你吧。但那原本就不是你的東西，把它給我。」

「妳說得很了不起的樣子。但我也沒有義務要還妳！」

那倒是。

不過，我們已經跟董婆婆約好要把羽衣還給她了。

「既然他這麼說，那我們只好用鬼的方式，把羽衣搶回來囉。」

「當然。而且元祖赤鬼是我。」

「妳到底為何對元祖赤鬼這名號這麼執著？」

馨跟我從岩石上躍至淺灘，接過跪伏在地的那些鬼高舉的刀，對空揮了幾下。

啊啊，這個是……雖然沒有名字，但是大江山的工坊鍛造的刀——

那些小鬼的暴戾之氣已經消散，跟河岸上的手鞠河童一起進入觀戰模式。

接下來，就是想辦法解決那隻頭目了。不過……

「噗咿喔，噗咿喔。」

在一觸即發的緊張氣氛中，傳來了不合時宜的悠哉叫聲。

沒錯，那個聲音。

「……咦？」

不知為何，鬼頭目的腳邊，站著一臉狀況外的企鵝寶寶小麻糬。

而且，他還一臉稀奇地將從頭目赤鬼身側垂落的羽衣不停地往自己拉去。

他用力一拉，羽衣就輕飄飄地掉落地面。

「噗咿喔？」

小麻糬吃了一驚，不停磨蹭觸感舒適的羽衣。

小、小麻糬——

「嗯？」

頭目赤鬼注意到腳邊的小麻糬了。

小麻糬也發現赤鬼那張兇惡的臉，嚇得動也不敢動。

「喂、喂，小企鵝。快點回來。馨會罵我啦。」

接著，從赤鬼背後的草叢，傳來人類的聲音。這是雅子阿姨的聲音。

「噗咿喔～！」

小麻糬仍舊抓著羽衣，慌忙朝阿姨所在的草叢跑回去。

我們心中暗叫不好，而頭目赤鬼已經鎖定獵物的位置，舉起太刀朝草叢使勁砍下。

草叢被斜斜砍落一整片，那股銳利的風壓割斷了阿姨頰旁的一小束頭髮，在臉上劃出一道淺淺的傷痕。

「啊、啊啊啊啊啊啊！」

但比起臉上的傷，阿姨盯著眼前的怪物尖叫起來，嚇到跌坐在原地。

她因為手上抱著小麻糬而觸碰到了羽衣，在這瞬間，親眼看到了可怖的赤鬼。

「妳這個女人，把本大爺珍貴的羽衣還來！給我還來啊啊啊啊！」

頭目赤鬼拉住小麻糬一直抓著的羽衣要搶回去，另一手則朝著雅子阿姨和小麻糬舉起太刀。

雅子阿姨緊緊地抱住小麻糬，想要保護他。

「媽！」

馨衝出去，站在雅子阿姨和赤鬼中間，從正面接下那一刀。

「不准傷害這個人……你這混帳，我絕對不允許！」

馨罕見地帶著情緒揮刀，朝頭目赤鬼使勁壓回去。

趁勢砍、砍、再砍，用力量壓倒赤鬼，逼他退開雅子阿姨。

阿姨仍舊抱著小麻糬，目不轉睛地看著馨戰鬥的模樣。

「可惡、可惡！我怎麼可以輸給過去死在人類手中的鬼！」

赤鬼退避到河的另一側，高舉起羽衣，並揮舞手臂讓羽衣在空中迴旋。

結果，赤鬼的頭上產生了巨大的龍捲風，將周圍的岩石、剛剛砍倒的樹木全都捲進空中飛舞。

「去死吧！」

岩石乘著強風在空中錯落飛行，幾乎都直直往馨砸去，但其中有一塊朝雅子阿姨的正上方墜落。

「哇啊啊啊啊！」

「媽──」

馨趕不上，所以在雅子阿姨眼前接住那塊岩石的人，是我。

「……咦？」

我用這雙纖細的手臂，輕而易舉地接住那塊巨大的岩石。雅子阿姨神情驚愕地望著我，臉上神情清楚寫著「怎麼可能」。

我洋洋得意地用單手舉起岩石。

「馨的媽媽也是我重要的婆婆喔。你剛剛是故意瞄準她的吧？真是不知死活的傢伙耶……哈！」

沒什麼大不了的，就是接到球又丟回去而已。

我將岩石朝著那隻頭目赤鬼扔回去，他張開風幕想要攔截，但就連風壓都發揮不了作用，岩石如同隕石般一直線朝頭目呼嘯而去。「哇啊！」地傳來一聲慘叫。

「啊哈哈！真丟人。元祖赤鬼果然是我！」

我豪爽大笑，到現在還是執著於元祖赤鬼。

「真……紀？」

「抱歉，雅子阿姨。不過，這是我們真正的模樣。」

我說完，便回過頭。

臉上仍掛著那個過去幾乎不曾在阿姨面前展露的，無敵又強悍的笑容。

在阿姨眼中，是怎麼看待我跟馨戰鬥的模樣呢？

在另一邊，馨正將頭目赤鬼逼到絕境。

馨用刀指著那隻搶回羽衣，又讓自己母親遭遇危險的鬼，眼神冷酷地低頭看他。

「馨。」

我趕緊跑到馨的身邊，搖搖頭。

「可以了，已經夠了。」

「……真紀。」

馨當場丟掉那把刀。

我也將刀放在地上，從馨的背後緊緊抱住他。

馨小聲地對我說「我沒事了」，便鬆開我的懷抱，朝著在茂密草叢後方抱著小麻糬的雅子阿姨走去。

雅子阿姨臉色蒼白，仍止不住微微顫抖，臉頰流血了。

馨看到阿姨這副模樣，整張臉都要皺在一起了。那是一張很心痛又悲傷的臉。

阿姨只是擦傷，但對馨而言，媽媽被妖怪傷害這一幕，是他最不願看見的。

面對因為親眼看見鬼而滿心畏懼的媽媽，馨好半晌說不出一句話。

「……媽媽，對不起，害妳受傷了。」

好不容易，才擠出這幾個字。

「不是，都是我自己跑過來。沒有聽你的話跑過來，才會這樣。」

才會，看見了。

妖怪存在的這一幕。

我們不同於平常，習於戰鬥的異樣身影。

「這就是，妖怪。這就是鬼。在這裡的……就是我至今一直看見的東西。」

「……」

「還有，這就是，我。」

馨再也承受不住了，將視線瞥向夜空。

「妳覺得很不舒服吧？很恐怖吧？沒辦法把這種……這種……當成自己的小孩，也是理所當然的。」

接著，他虛弱地笑了。阿姨繃著臉，一句話也說不出來，只是抬頭望著馨的身影。

阿姨因為剛剛碰到羽衣，親眼見識了一切。而她的身上，現在仍沾染著羽衣的璀璨光輝。

我讓他們母子兩人獨處，自己勤勞地將頭目赤鬼和那群小嘍囉聚集在河岸，命令他們跪好，一個一個給我好好反省。

「嗚嗚嗚，只差一點我的野心就要實現了。對人類復仇的野心。」

頭目赤鬼咬牙切齒地說，顯得懊惱不已。

「就算你做這種事，過去也不會改變喔。」

我站在月亮前方說道，蘊藏著赤紅色靈力的雙眸閃耀著妖氣。

不知何時，馨來到身旁。他手裡拿著羽衣，用那雙眸色與我完全相反的眼睛，凝望著眼前的那群鬼。

「兩位果然是酒吞童子大人跟茨木童子大人……嗎？」

眼前被馴服的這群鬼，用欽慕的目光望著我們。都是往昔在大江山過活的鬼。

我露出意味深長的微笑。

「這個城鎮流傳著各種傳說的外傳。我們就當作是這樣吧。畢竟不管怎麼說，往日戰役中死裡逃生的鬼部下們，在這裡好好地活下來了。」

馨也肯定地點頭。

「啊啊……你們活到現在也辛苦了。」

面對並肩站著的我們，那些鬼又拜了下去，口中哇啊啊地喊著。

只有失去地位的頭目赤鬼仍舊一臉不悅，我便伸手去拉那張臭臉的耳朵。

「啊痛痛痛痛。」

「話說回來，你到底是被哪個英雄打倒，才變成喪家犬的呀？」

「桃、桃太郎啦！桃太郎！我可是『溫羅』的兒子。」

「……溫羅？」

「溫羅是在好久好久以前，在岡山的吉備地區建造了鬼之城，支配那一帶的鬼，卻遭到人類的英雄殺害，沒錯，就是桃太郎的原型吉備津彥命殺了他，所以他的兒子我才會逃到這種鄉下地方來啦。我為了有一天能向人類復仇，一直在儲備力量。」

赤鬼說得有些得意似地。

「他說桃太郎的原型，馨，你知道嗎？」

「不知道耶。」

我跟馨都不清楚，所以沒有驚訝、沒有欣喜、也沒能稱讚他做得好，只是愣在原地。我們的反應似乎不如赤鬼預期的熱烈，他頓時垂頭喪氣。

「算了，不過至少弄清楚情況了。鬼的壽命很長，就算是八百年前的往事，內心的怨恨仍在熊熊燃燒吧……」

做法雖然不同，但我也曾經歷過，為復仇奮不顧身的年代。

「不過，以後不能再做丟臉的事了。現在是一個鬼也得認真討生活的時代喔。你們原本打算衝去的東京，是妖怪需要遵守嚴格規定才能存活的地方喔。要是幹壞事，就會有恐怖的退魔師哥哥來降伏你們喔。」

我特別叮嚀頭目赤鬼。

「接下來你更要好好率領這些鬼，打造一個能讓大家幸福生存的家園。」

赤鬼睜大的雙眼蒙上霧氣，無力地垂下那顆飛機頭，點了頭。

失去羽衣之後，赤鬼已經沒有反抗之意，我們跟他約定了幾件事，確定情況沒問題之後，便放了這些鬼。

「真紀，回去吧。」

「嗯。」

「媽，妳也是。我們得趕快回去，還要幫妳包紮。」

「……咦？啊，嗯。」

雅子阿姨到現在都還沒能回神。

回程車上，安靜得讓人內心隱隱發疼。馨的神情也很晦暗。

……我是不是做錯了呢？

讓雅子阿姨知道妖怪存在這件事。

馨一定很自責。居然讓雅子阿姨受傷了。

讓雅子阿姨見到恐怖的事物，留下這麼恐怖的回憶，直到現在都還呈現恍惚狀態。

當初不要說我們看得見非人生物是不是比較好呢？

什麼都不曉得，比較幸福吧？

全是我的錯。是我勸馨開口告訴她的……

我在後座悶悶不樂地轉著這些念頭，輕撫著小麻糬。小麻糬還萬般珍惜地抱著馨給他保管的羽衣。

小麻糬的身體到處都沾上羽衣的璀璨亮光耶。真是不可思議，我忍不住也伸手摸了摸羽衣。

那個觸感沒辦法一語道盡，真要形容的話，大概就像是小時候想像的「摸到雲就是這種感覺吧？」那樣的手感。

觸碰過的地方，有閃閃發光、如細沙般的東西沾黏上來，而且還拍不太掉。

我們回到朝倉家時，剛好正要午夜十二點。

主屋還是亮的，所以我們就不進去了，從外頭直接走向別館。

在別館裡，董婆婆靜靜地睡著，神情仍是一臉憂傷。

臉上還有淚痕，大概是夢見了那位心愛的人吧。

千代童子陪在她的身旁。

「終於找到了嗎？」

雅子阿姨倏地一驚。

阿姨現在應該看得見千代童子，她手上還沾著羽衣璀璨的光亮。

看來這東西還沾在身上的期間，人類也能夠看見妖怪吧。

「妳……」

「雅子，好久不見了。妳以前是個愛哭鬼，現在都長這麼大了。」

千代童子展露溫暖的微笑。

雅子阿姨則難掩驚愕，頻頻眨眼睛。

兩人的反應截然不同，但看起來孩童時代曾經安慰自己的那個小女孩，阿姨仍牢記在心中。

「堇婆婆，羽衣找到了喔……」

堇婆婆睡得十分沉。我輕輕拉起那隻細瘦的手臂，堇婆婆猛地睜開眼睛，醒了過來。

「羽……衣……嗎？」

「嗯，沒錯。妳可以回到月代鄉了。」

「……」

那雙深深凹陷、總是滿布憂愁的黑眸，乍然迸出光采，看起來簡直就像充滿希望的少女一般。

我扶著堇婆婆站起身，馨向小麻糬拿來羽衣，直直望著堇婆婆的眼睛，將羽衣遞了過去。

「堇婆婆，羽衣還給妳。真的很對不起，一直讓妳困在這種地方。我代替外公向妳道歉。」

馨的神情很複雜，但謝罪的話語十分懇切。

以朝倉清嗣的孫子，天酒馨的身分。

雅子阿姨一直站在後方看著自家兒子，這時才突然回過神來，跟著低下頭致歉。

「你們幫我……找回來了。」

菫婆婆結巴地道謝。

「幫我……找回……羽衣了。謝……謝謝。」

她靜靜地流淚，用顫抖的雙手將那件羽衣緊緊抱在胸前。

回到原本主人手中的羽衣，光彩遠勝於以往，還漾出幾道細細的光芒。面對那炫目的光輝，我們忍不住閉上眼睛。

輕飄飄地……

羽衣柔滑的觸感從旁掠過腳邊。

菫婆婆就在一旁站起身。等她抬起臉，緩緩睜開雙眼時，她已經不是原本滿臉皺紋的老婆婆樣貌，而是身穿羽衣及華美絹衣、神聖的天女姿態。

「菫……婆婆？」

雅子阿姨愣在原地。

她四下張望，尋找記憶中熟悉的那位菫婆婆，可是……

「這就是菫婆婆真正的模樣。」

馨冷靜地告訴她。儘管如此，她顯然仍對眼前的事實感到難以置信。

拉門自動開了，玻璃窗也因風的勁道而滑開。

堇婆婆抬頭凝望夜空片刻，彷彿領悟了什麼，踏出這間別館。

那雙赤腳並沒有碰到地面，就這麼輕飄飄地踩在空中。

「堇、堇婆婆！妳要去哪裡？」

「媽媽，她要回去。」

「回去？你說回去，是回哪裡去？」

馨出聲制止媽媽打算追上堇婆婆的舉動，提醒她：

「我們能做的，只剩下目送她離開了。」

「……馨。」

我們跟著從別館往後門的田地走去。

「啊……」

眼前遼闊的景色跟平日顯得大不相同。

盃山山頂簡直像是星星紛紛墜落並堆積在那兒一般，閃動著耀眼的青白色光芒……

沒錯。在那裡的，就是月代鄉。

莊嚴的月之神社。

還有許久以前就已經損毀的雲船殘骸，三座巨大的風車。

最顯眼的是，那顆月亮。巨大的滿月近得彷彿要墜落在盃山似地，俯瞰著天日羽這塊土地。

那顆明月倒映在田裡透明的水面上。

在水面的月亮上，不知何時來了一位青年，翩然佇立著。

「月人大人……」

董婆婆忍不住脫口說出那個名字。

她最珍愛的丈夫。

他緩緩伸出手，朝著那個方向，董婆婆的方向。

董婆婆的淚水在田裡水面上激盪出無數波紋，緩緩地朝他走去。

在這一刻，兩人總算是重逢了。

即便他們沒有交談，只要見到月人大人一把拉過她，緊緊抱在懷中的模樣，就能明白長久以來他是多麼思念著董婆婆。

約莫五十年的時光，被迫分隔兩地的人類及妖怪夫婦。

這個畫面，讓我胸口不禁揪緊。

『謝謝。天日羽的小朋友們。』

有聲音在我們的腦海中響起，他們誠摯地道謝後，便藉著羽衣的力量捲起一陣旋風。

突如其來的強風，吹得雅子阿姨差點都飛走了，馨趕緊將她拉到身邊穩住。

我呢？我迎風張開雙腳穩穩踩住地面，雙手緊抱住小麻糬以防他被吹跑，眼睛直直地盯著前方。

兩人在夜空中乘風而去，羽衣不停翻飛。

只留下一道璀璨的亮光閃呀閃的，天女和月人朝山頂消失了。

同時，視線中又出現雜訊，逐漸轉換為現實的景色。

眼前不再是剛剛那非現實的華美月夜了。一顆大小合理的月亮，高掛在幽黑的山稜剪影上，照耀著靜謐的夜晚。

月代鄉是除了鑰匙的羽衣之外都不容進入，嚴實封閉的、那一側的世界。

我們依然沉浸在剛剛那一幕，動也不動地佇立在原地。一會兒……

「……馨，對不起。」

雅子阿姨輕輕說道。

馨轉頭看向身旁的母親。

「媽？」

「我剛剛一直在想，你一個人不停面對著這樣的世界時，我都對你說了些什麼……」

雅子阿姨依舊望著盃山的方向。

彷彿視線仍移不開剛剛的那一幕，還無法從接連發生的事情回神。

「對不起，我什麼都不曉得，只是一直講些拒絕你的話……不停把否定的話語丟到你身上。」

雅子阿姨看見了，人類以外的存在。

還有人類以外的存在所創造出的景色，非現實世界的樣貌。

目送菫婆婆回到她原本歸屬的地方。

她現在依然眼睛眨也不眨地，一直望著盃山。

「對不起，對不起……馨。我講過多少次？說討厭你的眼睛。講了好多、好多、好多次。還對你大吼，叫你不要看我。明明……你從出生起就一直看得見這種、這種世界……」

「……」

「從你還是一個那麼小的可愛嬰兒開始。」

阿姨跌坐在原地，用顫抖的雙手擁抱著什麼都沒有的虛空。

彷彿在抱著嬰兒般的姿勢。

聽到那些話，看到那個動作，我內心莫名刺痛著。

馨也露出震驚的神色，眼睛連眨都不眨一下。

「原諒我，馨。馨、馨……」

取那個名字時的幸福與愛意，只要身為父母肯定都無法忘懷。

可是阿姨漸漸發現馨不是一個普通的孩子。

這雙銳利的眼睛、目光，都不尋常。

阿姨害怕他那雙彷彿看透一切的雙眼，極盡可能地抗拒他，避免看他的眼睛。

馨也為了不要造成阿姨的負擔，總是盡量避免看向母親。

雅子阿姨淚如泉湧，現在還是凝視著她手臂圈起的虛無空間。

從這雙手臂中擦身而過的事物。

深切地領悟到那些錯過的光陰無法重來。

「沒關係。不是的，媽媽，是我太膽小了。」

馨低頭望著她，按捺住心中痛苦的情緒，用平淡的語氣說道。

「是我自己放棄了。因為放棄比較輕鬆。」

接著，他仰頭望向夜空。

像在避免讓眼眶滿溢的熱潮流下似地。

「不過，我一直在心底深處偷偷希望著。希望有一天……媽媽，妳會願意好好看我一眼……會願意相信我。我偷偷盼望著，也打算就讓那份盼望以夢終結。一直都在逃避現實。」

「……馨。」

阿姨靠自己的力量，站了起來。

轉向馨，從正面凝視著他。

「謝謝……謝謝妳，媽媽。妳很了不起。妳終於來到我身邊了。沒有從我身上移開目光。」

馨再也說不下去，低下頭，望著母親。

「我很高興，真的，很高興……」

那瞬間，一顆大大的淚珠滾下。那張神情太過痛切，連在一旁守望的我，臉上都跟著滑下一行淚。

橫跨千年的焦灼渴望。

長久以來遠在天邊般的夢。

無論多麼期盼，都求之不得。母親的理解。母親的愛。母親的溫暖。

好想要媽媽的愛。這種話，愛耍帥的馨是絕對說不出口的。但看著馨用手臂掩住眼睛流淚的身影，我領悟到一件事。

無論我多麼愛馨，親子之間的愛，依然是我無法給予他的。

「太好了。太好了呢。馨。」

我真誠地說道。在巨大的喜悅當中，蕩漾著一小塊不甘心。

「噗咿喔～」

小麻糬似乎是見到我的表情變化，跑過來磨蹭著撒嬌。

十二點整了。今天是端午節。為了小朋友而存在的傳說和願望，吐息萌芽的日子。

而這裡是傳說的祕境。

被雙親拋棄、長年乞憐親情的酒吞童子，已經不存在了。

第六章 傳說的祕境（五）

隔天早晨。

昨天才發生了那種大事，今早在涼爽舒適的天氣中還睡得迷迷糊糊時，慌張的奔跑聲啪噠啪噠地在簷廊上越來越近……

「天啊！全部消失了！」

雅子阿姨激動地把我們拉起來，帶我跟馨去某個地點。中庭另一側的別館。

「……咦？」

怎麼說呢，那間別館沒了。

昨天沒有留意到，不知何時，中庭變成了開滿淺紫色堇花的花園。

幾隻蝴蝶靜謐地飛舞著。

「早安～怎麼了？你們昨天好像很晚才回來。」

這時，秋嗣舅舅剛好走過來。

「秋嗣，別館呢？」

「什麼？」

「堇婆婆不是一直住在那裡嗎？那間別館！」
聽到雅子阿姨的話，秋嗣舅舅的眼睛眨個不停，他看向中庭，側頭說道：
「別館？堇婆婆？誰呀？」
「咦？」
太讓人驚訝了。堇婆婆曾經待在這兒的痕跡，已經抹去得一乾二淨了。地點，還有記憶。
不過我們知道，這種事只要有「力量」，是有可能做到的。畢竟我們曾有過一次經驗。
「肯定是那位月人大人幫忙善後了，為了避免之後惹上麻煩。」
「沒想到那位神明居然有這麼大的力量。」
「應該是月亮遺產的力量吧？那三座風車想必相當厲害，雖然看起來只是月代鄉的結界柱。」
「哦——原來如此——」
我們兩個在這邊迅速運用專業知識，推導出可能的答案，而一旁的雅子阿姨抱著頭，一臉困惑。
我和馨對望一眼。
把雅子阿姨一個人留在這裡困惑，什麼都不說明也不行。有必要讓她放下心來才是。
光是現在會這樣考量，我們就發現自己跟以往有些改變了。

那一天，我們取消回程班機，決定延後一天回淺草。

最重要的是，好不容易才能跟阿姨分享妖怪的世界，我也還想再多談一些。

而且……還有一件有關馨的事，我希望雅子阿姨能夠知道。

「咦？馨跟真紀不去鯉魚旗祭典嗎？」

小希跟莉子說早上要去天日羽的鯉魚旗祭典，問我們要不要一起，但我們決定留在家裡。

「走吧走吧，小希。馨他們明天就要回去了，今天想要好好休息一下啦。」

只有秋嗣舅舅注意到馨跟雅子阿姨之間微妙的變化，為了替兩人製造單獨談話的機會，特意只留我們在家裡，帶著兩個女兒去參加祭典了。

「……哎呀，馨這傢伙又睡著了。」

一走到馨住的那間和室，就看到他躺在榻榻米上睡得正熟。

這個家裡的陳舊相簿在他身邊攤開著。他從哪裡找出來的呀？

雅子阿姨跟秋嗣舅舅小時候的照片，還有這次騷動的當事人、已經過世的朝倉清嗣外公的照片。

啊，還有馨剛出生時，小嬰兒的照片耶！

「哇啊、哇啊。我好像是第一次看見馨小嬰兒的模樣，好可愛～」

馨。六月十三日出生。三千零十二克。

我跟馨是在幼稚園時重逢的，所以沒見過他更早之前的模樣。我忍不住竊笑起來，他從小嬰兒時期眼神就很冷淡，烏黑的頭髮也都長出來了，那張臉一看就知道是馨。

不過他那目中無人的神情，完全不像一個剛出生的小嬰兒……算了，這一點也很像他就是了。

「馨……」

對這一世家人的興趣、憧憬、願望。

如今，各種情感像漩渦般朝他襲捲而來吧。

不管怎麼說，朝倉家都是與妖怪有緣的一族。

為了讓昨晚感受到的心情平靜下來而翻看照片，看著看著就不小心躺下來，腦袋瓜轉著各種念頭……然後就不小心睡著了吧？

馨，你終於可以放心睡一覺了呢。

「呵呵……辛苦了，馨。你這次真是超級努力的。」

我輕觸他惹人憐愛的臉龐，溫柔地撫摸他的頭。

接著，撥開他的瀏海，輕輕地在他額上印下一吻。

我雖然常看著馨眼冒愛心，但從不曾像今天這般想要疼愛他。

「嗯？」

他旁邊，放著一罐可樂。

還是冰的。也沒有打開。是誰放的呢？

走廊上的窗戶敞開著，雅子阿姨坐在那兒，凝視著開滿堇花的花園。

恬然、靜謐，彷彿從許久之前就一直綻放於此的堇花。

在阿姨身旁，朝倉家的座敷童子挨著她坐著。

「阿姨……妳還看得見座敷童子嗎？」

「真紀。」

我出聲詢問後，阿姨神情安穩地輕輕點頭。

接著，將目光投向身旁的千代童子。

「沒辦法像昨晚看得那麼清楚，但還是模糊地知道她在這裡。可以看見她的身影，也聽得見聲音。」

一旦清楚認知過了，阿姨就曉得身旁的那股氣息，並非來路不明的存在，而是小時候曾經一起玩耍的座敷童子。

「真的存在耶，這些妖怪。我一直以為那只存在於傳說裡。」

她輕笑了起來，透著幾許憂傷，再度看向庭院中的堇花。

「可是，大概，很快就會完全看不見了吧……」

她不捨地輕聲吐露。

昨晚曾拿在手中的羽衣，它的效力快要消失了。附著在她手上的那些光亮，已經相當微弱。

阿姨的臉上貼著ＯＫ繃，是昨天鬼造成的擦傷。

「阿姨想要繼續看到妖怪嗎？」

「……我不知道，但會想再多了解一點。」

明明這次應該是留下了相當恐怖的印象，阿姨卻這麼說。

想必是為了馨吧？

「真是不可思議呢。太過不可思議了。從昨天晚上開始，我就分不太清楚這到底是現實還是夢境。一直有種輕飄飄的感覺，也搞不清楚自己有沒有害怕了。可是，今天早上醒來後，突然就接受了……覺得他們存在於自己身邊是理所當然的。為什麼呢？」

透著暖意的和風，從敞開的窗戶吹拂進來。

窗簾迎風搖曳，我們的頭髮隨風飄揚，只有眼神穿越這陣風，高高望向藍天及白雲。

「不過，只有一件事，我還沒辦法完全相信。昨天馨原諒我的那瞬間，真的是現實嗎？」

阿姨對著天空發問。而回答這個問題，正是我的工作。

「是現實。那個瞬間，我應該一輩子都沒辦法忘記吧。」

我第一次看到馨哭成那樣。

馨終於走出從千年前起對於母親的糾結心緒和內在創傷，得到救贖了。

我依然坐在阿姨的身旁。

「馨一直都很喜歡阿姨。而且，很希望獲得阿姨──自己媽媽的愛。」

阿姨看向我。她的雙眼漸漸蒙上一層陰影，垂下目光，輕聲說道：

「真紀，妳知道……我過去對馨說了多少過分的話嗎？」

「……阿姨。」

那是後悔的陰影。並非只要馨原諒了她，本人就能夠釋懷。

「馨還是國中生的時候吧？我們夫妻的感情開始出現裂痕，我在精神上也漸漸失去餘裕，老是因為一點小事就大發脾氣。而馨跟我完全相反，總是一副冷靜成熟的模樣。正因如此，每次只要看到他，我就覺得自己身為母親不成熟、內心脆弱的那部分似乎都被看穿了。我常喝酒，對他大吼『你覺得我是一個糟糕的媽媽吧』、『不要看我』，然後繼續忽視他。其實就只是我自己太沒用而已。」

我知道。這些話我曾經從馨那邊聽過一些。

「我這個媽媽很過分吧？可是，他總是一臉若無其事的樣子。就算我不在，一個人也活得好好的。自己洗衣服，一個人吃飯、放洗澡水、自己去睡覺。然後再獨自起床，去上學。功課都有寫完，成績也很好……」

不管我怎麼否定他，馨都跟我完全相反，沉穩可靠。

看到這樣的兒子，更加突顯了自己有多沒用，我就更加抗拒他。

阿姨慢慢陳述著。

馨在我面前提及跟阿姨的關係時，語氣也都十分平淡，但內心應該非常受傷。為什麼媽媽這麼討厭我呢？他不斷反覆問自己。

「但他出生時，我其實是非常高興的。」

阿姨再次抬起臉，仰望著天空。

「當時正處梅雨季，他出生那天也在下雨。不過我抱著馨出院那天，一從醫院走出來，雨勢立刻停歇，天空一轉眼就放晴，還出現了彩虹，飄來一股非常清香的氣味。雨停後澄澈清爽的空氣香味。所以我才把他的名字……取作『馨』。」

那雙眼眸靜靜地閃著光。

大約十八年前的那一刻奇蹟，今天也仍在她的眼中閃動著。

「陽光穿越雲層灑下，照得繡球花都閃閃發光，彷彿全世界都在慶祝那孩子的誕生般，有如奇蹟的一瞬間。他肯定是個會得到很多愛的孩子吧。我內心深受洗滌。更重要的是，我有信心可以愛護這個孩子。我們肯定會過得很幸福。」

那是多麼幸福、無可取代的一瞬間呀。

光是聽阿姨描述，我也有點感慨萬千。

「呵呵，他雖然是個臉超級臭的嬰兒，在爸媽眼中還是很可愛。剛出生時，他會像普通嬰兒一樣嚎啕大哭，但只要我朝他伸出手指，他就會緊緊地握住，平靜下來。然後還會露出愣住的神情，不曉得是不是會認……媽媽了。」

「我剛剛有看到照片，馨還是小嬰兒時的照片。」

「……長得很清秀對吧？」

「嗯。」

「我之前的人生一塌糊塗，但那一刻，我還記得自己發了誓……往後得好好保護那孩子，為了那孩子活下去。」

從何時起，把這件事忘記了呢？

從何時起，看到自家兒子成了一種痛苦呢？

為何兩顆心擦身而過，離彼此遠去了呢？

阿姨用細弱的聲音，反覆詢問自己。

「我真是個蠢媽媽。太愚蠢了。」

接著，責備自己。

「我都想不起來了。我最後一次對那孩子說『我愛你』，是什麼時候的事。」

因為沒能聽到這句話，馨一直深信阿姨討厭他。

認為自己在這一世，又再次遭自己的媽媽討厭了。

馨一直認為自己這個人，絕對無法獲得爸媽的愛。

到最後，他就放棄了。跟我說他不需要那種東西，只要有我在就夠了。但他對親情的憧憬絕非消失了，即使他現在已經長大成人也一樣。

走在隅田公園或上野公園時，我偶爾會發現他的目光跟隨著遠處在玩的親子。

馨喜歡的電影、連續劇或漫畫，肯定都是在描寫家人間的羈絆及親情。

馨非常堅強。在精神層面上，他遠比一般高中生要來得堅強。

可是，我一直都很清楚，那些家人帶來的創傷，許多細小的傷口，都刻在他的心上沒有癒合。

無論我多努力，都沒辦法幫他治癒那些傷口。

昨天，我明瞭了這一點……

我用力捏住腿上的裙子，做了一個決定，站起身來。

「雅子阿姨，再告訴妳一個我們的祕密。」

「……咦？」

「妳在這邊等我一下！」

我急忙跑向朝倉清嗣的書房。昨天尋找羽衣線索的那間房間。

從那裡借了一本書，又回到雅子阿姨的身邊。

我手裡拿著的這本書，上頭寫著《大江山酒吞童子繪卷》。

昨天晚上我睡不著，便一直在考慮這件事。

雅子阿姨已經親眼見過、感受過、相信了妖怪的存在。

向現在的阿姨透露我跟馨的祕密，應該沒有問題了吧？應該要告訴她比較好吧？

「阿姨，請聽我說。其實，我們——」

我翻開那本書，開始講述遙遠千年之前的傳說。

我跟馨前世是鬼，還是一對夫婦。而且，我們記得前世的那段記憶。

記得酒吞童子及茨木童子的愛情故事。

最終經歷了死別，今生終於能夠在櫻花散落的那瞬間重逢。

阿姨神情震驚地聆聽著，偶爾會像想到什麼事一般，露出恍然大悟的神情，或將手指抵在嘴邊。

這種事，很難教人完全相信吧？應該沒辦法接受吧？

可是，她沒有打斷也沒有出言否定，一直靜靜聽著。

或許也有些地方沒辦法解釋得很清楚。不過，我拚命地往下說。

只為了讓她明白，我跟馨之所以能夠重逢，都是因為她生養了馨。

「……啊哈哈。」

阿姨笑了。

「那個，果然很難相信，對吧？」

「不是，不是這樣。只是……覺得……啊——」

她將手撐在後方的走廊，又抬頭看向遙遠的天空。

「鬼嗎？如果是以前的我，一定會賭氣不肯相信吧。我過去就是個什麼都不相信、惹人討厭的大人。可是，昨天看到的那些，都是真的。既然我不能否認那些，就只好相信你們兩個了。」

接著，她將視線落在我手上的《大江山酒呑童子繪卷》上。

「哪一個是馨？」

「啊，這隻比較大的鬼。」

「哦～他身邊有很多女人服侍耶。」

「啊，不曉得為什麼故事要把他設定成花花公子，但實際上並不是這樣。他專情、認真又勤奮，就跟現在的馨一樣。」

「哦～」

還是，遭人類砍下首級而死的鬼。

那一頁，阿姨看了好久。

在繪卷中，他被畫成一隻可怕的大鬼，但他其實是位非常、非常溫柔，專情又俊美的鬼青年。

「我呀……馨跟妳第一次遇見那天的事，我記得一清二楚。馨這個人，從小就不會哭，性格冷淡又愛裝老成，但真紀一出現在他面前，他就哭得像個傻瓜似的。」

阿姨笑著繼續說：「明明這又不是什麼值得驚訝的事。」

「後來，他也是一直黏在真紀旁邊，完全不願意離開，就像拚命要保護妳似的。一開始我只覺得馨真可愛，早熟地墜入愛河了。不過，後來就開始覺得不太對勁。老實說，我覺得太奇怪了。馨跟妳的關係，也太令人搞不懂了，有點噁心……」

「……嗯，我知道。」

我早就認為阿姨應該是這種想法吧。我，還有馨，一直以來都這麼想。

正因為是自己的父母，而非無關的他人。馨跟我的重逢，還有後來的關係，在他們眼裡看來肯定不尋常吧？

「但，原來如此呀……既然是上輩子的妻子，那就沒辦法了。不可能贏的。我們只不過是一起生活了幾年而已的家人。更何況那孩子眼見的事物，我什麼都不瞭解。」

「……阿姨。」

我微微搖頭。

「但馨直到最後都沒有放棄你們，他沒有放棄。在心底深處，他還是渴望獲得你們的愛，希望被你們理解。」

不管怎麼說，一直到家人各自選擇其他道路的那瞬間為止。

「酒吞童子是被雙親拋棄、極為孤獨的鬼。就因為他跟一般小孩不同，所以母親排斥他、遠離他，還被父親丟在寺廟。最終，他成了鬼，然後救出後來成為他的妻子茨木童子的我。可是，只有雙親的愛，是我沒辦法給他的……」

即使身邊有無數尊敬他的夥伴，有深愛他的妻子，有必須守護的大江山的孩子們。

酒吞童子就像在期盼著這個世界上有幻想或奇蹟似地，一直到最後，不停渴望著的事物。就是雙親的愛。

「……」

阿姨緩緩睜開眼睛，用手輕掩住嘴，按捺著內心湧出的心情，皺起眉頭。接著，眼淚一顆顆滾落。

那串淚珠啪噠啪噠地落在打開的《大江山酒吞童子繪卷》，砍斷首級而死的殘酷頁面上。她伸出顫抖的手，輕撫那隻鬼。

「好可憐。好可憐喔。居然被砍掉首級而死……」

接著，倏地抱緊那本書，身子向前傾，啜泣起來。她渾身發顫，發出嗚咽聲。

「我該怎麼做才好呢？現在我根本拿不出母親的模樣面對馨。知道了上輩子發生的事，卻沒辦法為他做任何事。」

我將自己的手輕放在阿姨的手上，告訴她：

「請妳認可馨的存在。只要接受他是妳的孩子，就夠了。」

那對他而言，是除了酒吞童子轉世以外的，巨大的存在理由。

能夠給他這股力量的人，肯定只有雙親了。

只要阿姨認可馨的存在，他肯定就能獲得救贖。

「阿姨，謝謝妳相信我。菫婆婆那件事，也很謝謝妳相信我們，幫助我們……謝謝妳，生下馨。」

我摟住她的肩膀，連說了好幾聲謝謝。

兩人的關係雖然曾經崩塌，但今後一定能慢慢修復。

我看見了那個預兆。

儘管他們不像世上的普通母子一樣生活在一起，但只要知道彼此相互關心著，能感受到這一點，就能帶來力量。

「對了。馨睡著時，在他身旁放可樂的是阿姨嗎？」

「咦？嗯。」

阿姨用袖子拭去眼淚。

「妳知道馨喜歡可樂。」

「那當然呀，他從讀小學時，就只有特別喜歡可樂。話說回來，馨喜歡的東西，我也只曉得可樂一樣。」

「……麵疙瘩湯呢？」

「啊啊，對耶。那也是。平常吃飯他喜歡樸素的口味對吧？」

明明就知道很多馨的事嘛。

我忍不住微笑，也有點羨慕。阿姨不愧是馨的媽媽。

「啊，雅子阿姨。」

因此，我為了主動更靠近阿姨一步，提出了一個請求。

「妳可以教我馨喜歡的麵疙瘩湯的做法嗎？」

那對馨而言是無法忘懷的，媽媽的味道。

「咦？這是媽媽跟真紀煮的嗎？」

馨睡到中午才終於起床，雙眼眨呀眨地，盯著大湯碗中的麵疙瘩湯瞧。

「嗯，沒錯。就在你悠哉睡懶覺的時候呢。」

「對吧？」我跟阿姨互望一眼，默契十足地這樣問對方。

馨應該注意到我跟雅子阿姨之間的氣氛改變了吧。

我又學會了一道馨喜歡的料理。

「好吃嗎？」

「啊啊，嗯……」

是因為在媽媽面前嗎？馨有些害羞地點頭。

「呵呵。」

「真紀，妳笑什麼？」

「沒事。我在想，以後也做給你吃吧。」

雅子阿姨隔著桌子聽我們的對話。

「對了，你們兩個，打算什麼時候結婚呀？」

「唔。」

馨聽到阿姨的問題，差點把剛喝下去的麵疙瘩湯都噴出來。

我沉吟一聲，將雙臂在胸前交叉，開口說出帶著妄想色彩的願望。

「我是希望盡量早一點啦，但馨個性慎重，所以應該是大學畢業、找到工作之後再討論吧。不過我想在二十五歲之前結婚。穿上白無垢，坐人力車在淺草狂奔。」

「真紀大人，我們連高中都還沒有畢業耶？」

雅子阿姨「呵」了一聲，又指著自己說道：

「至少結婚時要邀請我喔。」

「那當然呀，妳是我媽，肯定會邀……」

馨露出「啊，糟糕，上當了」的神情。

我一副奸計得逞的得意表情。阿姨看見馨難得露出敗相，大笑起來。

「啊哈哈，真不錯呢~高中時期就已經找到命中注定的對象了。」

「……唔。」

「馨，你聽好，像真紀這麼好的老婆可是不多了，你可要好好珍惜人家喔。一天到晚打工，裝作胸有成竹的模樣，小心其他男人把真紀搶走囉。」

「……」

「愛就要說出口，要懂得感謝人家，稱讚飯菜好吃，把你值得依靠的地方展現出來。不然……就會變成像我跟你爸那樣喔。」

「妳這是在自虐嗎？妳這媽媽居然一邊自虐一邊威脅我……」

這時，原本忙著吃我跟阿姨一起煮的另一道菜「瘦馬」的小麻糬，突然從我的大腿上跳下去，還滿嘴沾著黃豆粉，就朝雅子阿姨走去。

「咦？小企鵝，怎麼啦？」

小麻糬在盯著阿姨許久之後，突然舉起他的翅膀，指向阿姨說：

「婆——婆。」

一瞬間，氣氛突然凝結了。我跟馨都愣在原地。

「……這樣呀。從你這隻小企鵝來看，我是奶奶等級了呀。」

小、小麻糬啊啊啊啊啊。

小麻糬說出那句禁忌的稱呼之後，我跟馨都呈現〈吶喊〉那幅畫中的驚叫表情，但雅子阿姨似乎不太在意，又大笑起來。

「啊哈哈哈哈。沒關係啦。反正我有一天就會變成真正的奶奶呀。」

然後，她抱起小麻糬，用面紙幫他把嘴巴擦乾淨。

「有一天也能像這樣抱著你們兩個的孩子吧……」

接著又不經意地朝我們瞄過來。

糟糕，這下要對我們施加抱孫的壓力了。

我們明明還是高中生耶……

「哈，真是的，講這什麼話啦，飯都不能好好吃了。」

馨大概是想掩飾難為情，乾脆喝起麵疙瘩湯，把自己的臉遮住。

「不是很好嗎？我喜歡熱鬧點喔。」

馨側眼看了我一眼，有些不好意思地輕聲說：

「……很好吃喔。」

「什麼？」

「麵疙瘩湯，很好吃……回淺草以後偶爾也要煮給我吃。」

他是因為記住阿姨剛剛的提醒了嗎？

馨隨口稱讚了我做的料理很好吃。

這讓我很高興，我肯定是露出了心滿意足的幸福笑容吧？

馨、雅子阿姨、我跟小麻糬，四個人的餐桌。

我們在坦承妖怪存在、理解對方之後，踏出一家人新的第一步。

希望有一天，能成為真正的家人。

〈裡章〉馨把真紀當作抱枕用

我的名字叫作天酒馨。

在外公的書房裡有一本厚厚的相簿，裡頭有朝倉家孩子們的照片。從外公那個年代的黑白照片，到我剛出生時的照片，還有小希和莉子的照片，都依序排好。我猜這些都是外公收集的照片吧。

我把相簿拿回自己房間，看得目不轉睛。

一旁，小麻糬在這間古老的屋子中，和小山河童跟小豆狸追來追去，讓人看了就忍不住露出微笑。

誰都有小時候。

就連我，雖然從出生起就擁有酒呑童子的記憶，一直盼望著趕快長大，但那時也還只是個孩子。

只是，嬰兒時期的我相當自大呢。

現在回想才覺得，童年時應該要更像小朋友那樣好好玩耍才對。
相信，爸媽……
我躺著看照片，董花的清淡香氣飄送過來，奇異地讓人非常放鬆。等我醒來，已經是中午了。
臉上還壓出了榻榻米的印子。
好像，很久沒有睡得這麼安穩了。

「……睡不著。」
結果，晚上又睡不著了。
而且今天晚上小麻糬又讓真紀帶走了。
來之前我根本沒想過，到了天日羽，會對媽媽坦白自己的事。
沒想過自己會哭成那樣。
雖然沒想過，但感覺並不壞。反倒有種壓在肩上的重擔，梗在心中的結，消失、鬆開的感覺，心情很清爽。
不過，要不是有真紀在，我應該沒辦法好好面對媽媽吧。我並不具備那種勇氣。
「對了……」
接著，我決定忠於自己強烈的渴望。

我爬起來，抱起枕頭跟棉被。

「去把真紀當成抱枕吧！」

我倏地拉開拉門，光明正大地在半夜踏進真紀的房間。

「喂，真紀。」

「唔哇啊，馨！」

真紀今天好像也睡不著，將那雙大眼睛睜得更大，因我突然的到來而驚訝莫名。

「欸、欸欸欸，怎麼回事？你居然會自己跑來我房間……夜襲嗎？」

真紀將自己的棉被拉緊，在床墊的邊緣縮成一小團。

「少講奇怪的話。我只是想跟妳一起睡而已。」

「什麼～？馨，你怪怪的。你絕對是，頭腦燒壞了！」

「小聲點啦，會吵醒小希她們。」

說完，我就在真紀旁邊躺下。若非我們是前世夫妻，這個光景實在要不得。

不對，就算是前世夫妻，好像也瀕臨犯規邊緣？

真紀認真盯著我的臉。

好半晌，我們凝視著對方，就像在試探彼此的情感一般。

「……你睡不著嗎？」

「嗯嗯。午覺睡太久了吧。好了啦，妳也快點躺下來。」

真紀雙頰染上幾分紅暈，有些竊喜地嘿嘿笑起來。她將棉被拉好後，就在我身邊躺下來。

小麻糬在真紀的另一側，「呼咿呦～呼咿呦～」地從鼻子噴出大泡泡，睡得不醒人事。大概是玩累了吧。

「你居然會主動跑來找我，好難得喔。」

「嗯，真的。我想說偶爾把真紀大人當成抱枕好像也不錯。」

「咦？你果然有哪裡怪怪的……」

近距離跟真紀面對面，我只是緊緊抱著她。大丈夫言出必行。

這對現在的我而言，是極為必需的。

「呵呵，你上次這麼積極，是千年前的事了。」

「搞不好是喔。」

「你是來撒嬌的？」

「……嗯。」

「好乖好乖。馨，好乖好乖喔。」

真紀在我的懷裡，伸手輕撫我的背後，用臉頰磨蹭我。

這也是能療癒我的特效藥。

「妳告訴我媽了吧？我們的事。」

「我雞婆了嗎？」

「……沒有。謝謝妳。我自己沒有勇氣全部講出來。」

「馨……」

「不只是這樣。是妳給了我勇氣講出真相。如果妳沒有跟我一起來，我可能又會再次逃避面對媽媽。」

我一句句坦率地細數感激後，真紀輕笑了起來。她的身體在我胸口震動，弄得我有些癢。

「馨，你這次真的很努力喔。向前跨出一步了呢。」

「向前？」

「做出跟上輩子不同的選擇，走向不同的可能性了呀。你勇敢地面對媽媽，將自己真實的模樣展露出來。阿姨也吐露真心話，彼此理解了對方。雅子阿姨一直很後悔。她說……想不起來最後一次說『我愛你』是什麼時候……」

我胸口有些刺痛，但嘴上一如往常想要隨口帶過這個話題。

「……我又不是小朋友了，沒關係啦，這種事情。」

但真紀什麼都看穿了，她回我「不管長到幾歲，愛的話語都是必要的喔」。

「而且阿姨有告訴我你名字的由來。阿姨說她抱著你出院的那天，原本一連下了好多天的雨終於放晴，空氣中飄蕩著清爽宜人的氣息。說你肯定是會為全世界所愛的孩子……更重要的是，她下定決心自己要珍愛這個孩子，所以才幫你取了『馨』這個名字。是一個十分能感受到愛的名字。」

「……」

我第一次曉得自己名字的由來。

媽媽在幫我取名字時，原來還有這層意義在。

我聽了還是很開心。畢竟自己的名字，是父母給自己的第一份禮物。

但真紀卻突然在我耳邊輕聲地嘆息。

「欸，馨，果然，還是有我沒辦法給你的愛，是吧？」

「……真紀？」

真紀的聲音透著幾許憂傷。我輕輕拉開身子，望著真紀的眼睛。月光從拉門隙縫透進來，照耀著溼潤的雙眸。

「我有一點點嫉妒雅子阿姨。因為我一直認為，可以讓你哭成那樣的女人，只有我一個。」

「真紀……」

真紀在哭。

與其說是嫉妒，更像是帶著懊惱。她沒有發出聲音，嘴唇微微顫抖著。

我輕輕觸碰她顫抖的唇，輕輕地，吻上。

「真紀，妳的愛是特別的。最厲害的。要是沒有妳的愛，我就沒辦法活下去了。」

「我也一樣喔，馨。我也是，如果沒有你，會寂寞到死掉。你的東西就是我的東西。」

「居然是接到那裡去……」

「那個呀，就是超喜歡的意思。我最喜歡你了。」

一切莫名地跟平常不同，今天，我非常深切地感受到這句話的涵義。內心不禁感到有些不可思議。

真紀將臉埋在我的胸前，緊緊抱住我的腰，沒有讓我看到她的臉。

彷彿在掩飾她複雜的情感似地……

接著，真紀囁嚅地低聲說了這種話。

「欸，馨，我假設喔，假設。」

「……嗯？」

「假設有另外一個我存在，你會怎麼辦？」

這……

難道是在說大魔緣茨木童子的事嗎？

願意告訴我了嗎？多年來妳一直極力隱瞞的、當時那副模樣的事。

「欸，真紀……妳……」

我腦海中浮現那張陳舊照片上，佇立在淺草寺的雷門旁，身穿黑色和服的茨姬。

我在照片上看過變成惡妖的大魔緣茨木童子了。我看過了喔。真紀。

我想知道。

當時的妳去了哪些地方？做了哪些事？還有，死在淺草時，妳在想什麼？

不管聽到什麼，我都準備要接受妳。

「……真紀？」

呼……呼……

耳邊傳來規律的呼吸聲。真紀好像已經睡著了。

我還以為終於能從真紀口中聽到這件事了。我好想知道。我將高漲的情緒按捺下去，輕輕地嘆了一口氣。

話說回來，原本我是來把真紀當作抱枕的，結果反被真紀牢牢抓住，當成她的抱枕了……。

不過，算了，也沒關係。

「晚安，真紀……我愛妳。」

為什麼本人清醒的時候，我就說不出口呢？明明講了那麼多感謝的話。

真紀總是救了我。給予我純粹無比的愛。

下一次，輪到我追上妳前世揮之不去的陰影，將那些阻礙除去。

我再也不會丟下妳一個人了。

第七章 傳說的後續

「時間過得好快。你們有休息到嗎？」

「嗯，秋嗣舅舅，謝謝你這幾天的照顧。」

隔天早上。

我跟馨在朝倉家門口，和這個家裡的人們道別。

「馨哥哥跟真紀要回去了喔～？」

「對呀。好了，莉子，妳手上那隻企鵝布偶，該還給人家了。」

「欸——」

莉子嘟起嘴巴，不情不願地將一早就緊緊抱著的小麻糬（布偶）還過來。

「小希，莉子，保重喔。」

「嗯，馨哥哥，你也是。」

「小希，我在東京等妳喔。」

「……真紀。」

小希神情堅定地用力點頭。

吧。

她曾經說過，想要離開這個城鎮，到東京念大學。

如果她上高中以後，依然懷抱著這個夢想，等方向變得更加具體之後，她一定會到東京來

總有一天，她會有勇氣告訴家人自己的願望吧。

那麼，我想要成為小希在東京時能夠倚賴的存在。

「那個……馨。」

雅子阿姨在道別時，有些怯意地叫住馨。

她看起來有什麼話想說，卻又躊躇不前，伸手將頭髮撩到耳後，神態扭捏不已。

「你、你要好好照顧自己喔，別感冒了……而且馬上就是季節變化的時期。」

她想說的應該是其他事情吧，但最後只講得出一些平常的關心。

馨也只應了聲「喔喔」。有夠冷淡的。什麼喔喔啊，喔什麼呀你。

「還有，要好好珍惜真紀喔。」

「媽，這種事不用妳說，我也很清楚啦。」

馨的回應都很冷淡，但他仍是好好望著自己的媽媽。

「媽，妳也要保重喔。我……還會回來玩的。」

沒有忘記要定下這個約定。

對雅子阿姨來說，那似乎是出乎意料的一句話。她的神情頓時一緊，看起來很想哭。

馨跟雅子阿姨。

兒子與母親之間，至今的所有「過錯」，並不是全都消解了。

但也有一種羈絆，是即便留下了傷痕，也能夠重新修補才對。

因為雅子阿姨接受了馨真實的一切，而馨也原諒她了。

「真紀。」

「是，雅子阿姨。」

「馨就麻煩妳了。」

阿姨最後對我這麼說，深深低下頭。

「好的。交給我了。」

我也跟著行禮致意，將這份充滿母愛的請託，深深烙印在心上。

總有一天，阿姨可以毫不猶豫地對馨說「我愛你」，而且那天想必不遠了吧。我如此確信。

座敷童子千代從家裡頭，隔著窗戶朝我們揮手。

跑來這個家裡玩的山河童和小豆狸，捨不得跟小麻糬分開，難過地哭起來。小麻糬也從包包中探出頭來，沒發出聲音，但眼眶裡有淚水在打轉。

好不容易才交到年紀相仿的朋友呢。

「沒關係，有一天還會見面的。」

畢竟，有一天，這裡也會成為我們該回來的一個家。

最後，飄渺夢幻的董花香氣乘風飄來。

在那股香味的送別下，我們走出朝倉家大門，逐漸遠去。

雅子阿姨直到最後一刻，都目送著馨的背影遠去。

一走到大馬路上，就望見盃山座落在遠處，風力發電的風車轉個不停，正午的白色月亮正照耀著我們。我們對天日羽的大自然合掌致意。

零星可見的天泣地藏，彷彿正抬頭望著那顆月亮微笑。

祈禱自家小孩平安成長的鯉魚旗，有幾面逃過被收起來的命運，在空中飄然悠游著。

正想說有陣強風吹來，就看到在田地另一側的田埂上，那群落鬼轟隆隆地騎著機車，旗幟飄揚地來送我們了。真是聲勢浩大的送行呢。

「咦？小麻糬抓著什麼呀？」

「噗咿喔～」

剛好小麻糬從馨背著的包包中探出臉來，高舉著某樣物體，看著它在太陽光的照射下閃閃發光，覺得很有趣。

「那是什麼？」

「那是……」

彈珠？彩色玻璃彈片？

不，不對。是跟那件羽衣擁有相同光亮的圓形石頭。

小麻糬不知道從何時起緊緊握著天日羽的土產。

大概是月人大人跟堇婆婆特意留下來的吧……

「啊。喂，電車來了喔。」

這時，要駛離天日羽、上頭一個人都沒有的各站都停列車來了。

我們慌忙搭上電車，在最後，向這個城鎮的象徵——盃山，合掌致意。

再會了，傳說的祕境。

等我們回到淺草時，已是傍晚了。

我跟馨先去了一趟千夜漢方藥局。

「茨姬，歡迎回來～俺好想妳喔～見不到妳好寂寞～」

木羅羅抱著我說道。

「你們兩位去遠方一趟都辛苦了。咦？小麻糬，你變胖了？什麼？吃了一大堆唐揚炸雞？太恐怖了……居然同類相殘！」

影兒臉色發青地抱起小麻糬。

「真紀～人家好想妳～沒有妳在的淺草好無聊喔。啊，順便也跟馨打個招呼，你不在我是沒什麼差啦。」

阿水奔過來要抱我，但被馨攔截。

最近都沒有離開淺草這麼久過，大家是想念我們了嗎？言行舉止都比平常來得熱情。

我將買回來的伴手禮一一遞給木羅羅、影兒和阿水。

「咦？你們不是去大分嗎？為什麼土產是『博多通小圓餅』？我很愛吃這個是無所謂啦。」

阿水推了推單邊眼鏡，盯著福岡的熱門土產說「偶爾會有客人帶來～」。

「在福岡機場買的。在大分時，根本沒時間買土產。」

「對呀。我們在福岡機場還吃了道地的博多豚骨拉麵喔！好好吃喔～」

「妳還多叫了一團麵，湯連一滴都沒有剩下。熱量一定超高的。」

「熱量只要進到我的肚子，就會被我的破壞能力侵襲，變成零卡路里。啊啊，光是想起那碗拉麵，肚子就餓了。」

阿水鬧起彆扭。

馨跟我回想起在福岡機場吃到的博多豚骨拉麵的美妙滋味……

「哦～真好耶。在九州玩得這麼盡興。我們也想跟真紀一起去旅行呀。哼哼。」

這倒也是，我不曾跟眷屬們一起去旅行過。

「找一天大家一起去泡溫泉好了，鬼怒川溫泉從淺草不用轉車就到了。」

「啊，對耶對耶。好想看……真紀剛泡好澡的浴衣打扮。」

「喂，單邊眼鏡變態叔叔，少做這種奇怪大叔的妄想。」

「奇怪大叔？馨，你居然這樣批評男人的浪漫。」

阿水不知為何顯得神氣得意，而馨則是嫌棄不已。一如往常的組合。

另一邊的影兒和木羅羅，注意力全被伴手禮吸引去了。還有，小麻糬。

「博多通小圓餅」這個伴手禮在福岡可是無人不知無人不曉，在東京應該也有許多人因為從九州人手中收過這個土產而知道它。

這種小圓餅有西洋點心的外皮，裡面包裹著特色是香甜又入口即化的白豆沙餡。小麻糬咬了一口，就因它驚人的美味而「噗、噗咿喔……」地震動。
還有一位為這個小圓餅而著迷的妖怪在。
「哇～好好吃喔。金黃色又圓圓的，像月亮一樣。」
木羅羅把手輕放在吃到都要掉下來的臉頰上，舉起咬了一口的博多通小圓餅，眼睛裡閃耀著光輝。
「對了，阿水、影兒跟木羅羅，黃金週時你們都在做什麼呀？」
「開店呀。假日才是客人最多的時候。」
阿水這麼回答後，影兒便探出身子。
「還有我們三個一起去了大型家具量販店！去幫木羅羅買床。」
「對呀～茨姫，妳看妳看！」
接著，木羅羅腳步輕盈地拉開隔壁房間的拉門。
「哇、哇啊……有屋頂的公主床耶。」
在狹小的和室裡，那張床帶來的壓迫感和突兀感真不是蓋的，但確實是一套很適合木羅羅的豪華床具組。影兒好像仍舊是睡在壁櫥裡……這落差也太大了吧……
只是，腦海中浮現這三個人一起去買家具的畫面，讓人覺得好溫馨。
簡直就像是真正的家人一樣。
「加油呀，一家之主。」

「你現在要扶養兩個人了耶，真的是了不起的爸爸了。」

語畢，我跟馨伸手拍拍阿水的後背。

阿水看向遠方，語氣沉痛地說「要賺錢……我得賺錢」。

「對了，我不在淺草的時候，你們有看見凜音嗎？」

「凜？」

「開學那天我在隅田川遇見他，後來就都沒有再看到他了。」

我一提到凜，影兒跟木羅羅就對望一眼，彷彿知道些什麼。

「正好兩位去九州的那一天，我跟木羅羅一起去淺草比較裡面的那區跑腿時，凜音出現在我們面前。」

「然後我們有告訴他，茨姬現在在哪裡。」

凜音問我的所在地？

「一跟他說你們去九州了，那傢伙好像就稍微鬆了一口氣，說那樣也好。到底是有什麼事呀？」

「這樣呀……之前他說有事要拜託我，可能是因為這樣吧。」

「有事拜託妳？」

「嗯。我欠他一點人情，所以之前向他承諾可以答應他一個請求。」

我才說完，阿水就大叫：「什麼啊啊啊啊啊！」發出讓我嚇一大跳的奇怪聲音，站起身來。

「不行啦，真紀。不能欠那個男人人情！妳不曉得會被他怎麼樣！」

「對、對呀，真紀。他搞不好會吸乾妳的血喔。」

連馨都有意見。這兩個人到底是把凜音當成什麼呀。

「啊哈哈。他雖然看起來很危險，但沒有這麼誇張啦。話說回來，讓我活著，才可以一直幫他製造血呀。比起現在一口氣吸乾，從長遠來看，那樣還比較好吧？」

「唔、唔哇……居然會講不過真紀。」

不過，凜音下次要何時才會出現呢。

只剩下他一個人，還沒有要歸隊到我們這個大家庭的跡象。

是說，他現在另有主子了。希望沒做什麼太危險的事情才好……

「茨姬，妳不用這麼擔心啦。」

在眾人吵嚷時，木羅羅將方糖放進自己的紅茶裡，手拿小湯匙攪拌著。跟驚慌失措的那些男人不同，語調沉穩地對我說道：

「凜有一天一定會回到茨姬妳的身邊。只是，那傢伙是咱們眷屬中最年輕的，需要出去闖一闖而已。」

「……闖一闖。」

放手讓孩子出去闖一闖，這個意思嗎？

不愧是木羅羅，真有智慧。真的是媽媽耶。

只有馨吐嘈：「妳說他年輕，但他好歹也活了千年耶。」

「對了，木羅羅，聽說凜罵妳『裝可愛的變性老太婆』喔？」

「對！沒錯！下次給俺遇見，絕對要把那死小鬼的嘴巴堵住吊起來打！」

不過，好像只有這一點是她的死穴。木羅羅用那張可愛的臉講出可怕的話，氣憤不已。

「對了，三社祭快到了。就算黃金週結束，也沒有爬完一個山頭的感覺耶，淺草五月的重頭戲反倒是三社祭。」

阿水推了一下眼鏡，平靜下來，轉換話題。

「影兒跟木羅羅都是第一次遇到三社祭吧？當然小麻糬也是。這是淺草具代表性的祭典，大家一起去玩吧。」

「哇──跟茨姬大人一起去祭典──」

「會賣點心嗎？會吧？」

影兒跟木羅羅似乎都非常期待。

「聽說手鞠河童還會搭蓋自己的神輿喔～」

「真的嗎？他們那麼小一隻，抬得動神輿嗎？」

「聽說負責抬的是在他們手下工作的牛鬼。」

「……立場完全顛倒過來了耶～他們。」

阿水跟馨正在認真地討論手鞠河童的神輿。

沒錯。

說到淺草人潮擠翻天的日子，那就是淺草三社祭、隅田川花火大會跟淺草寺的新年參拜了。

其中最為熱烈的三社祭，就快要展開了。

最近準備工作正如火如荼地進行，整個淺草都忙碌躁動著，我的心也有些難以平靜。

在阿水家吃過晚飯，我們就順著國際街走回野原莊。

「再來要拿土產去給阿熊跟阿虎，還有明美跟風太……組長的就明天再拿去好了。」

「熊跟虎有說黃金週會忙翻，應該一直在趕工吧。正好吃個博多通小圓餅，休息一下。」

「最近他們兩個的漫畫，動畫版剛好開播了呢。啊，對了。回家後要來看這禮拜的集數。上禮拜剛好停在關鍵時刻，我一直很好奇後面會怎麼發展呢。你有錄起來吧？」

「我怎麼可能會忘記啦。」

沒錯。阿熊跟阿虎的漫畫，現在電視剛好正在播動畫版。

只是，馨說大分的鄉下絕對不會播映，所以出門前就事先預約錄影了。

「明美有說過要跟公司同事一起去熱海旅行。風太之前唉聲嘆氣地抱怨，每天都得在老家蕎麥麵店工作。組長的話，應該跟平常一樣吧。」

「過黃金週的方式，大家也都不一樣呢。」

「是呢。」

對我們來說，今年的黃金週肯定難以忘懷吧。

「明年的黃金週會是怎麼樣呢？」

走到家時，我抬頭望著野原莊，輕聲說：

「明年，我還會在這裡嗎？」

眼前有幾個選項。

一個是留在這裡，按照原先的計畫生活。

像個普通的人類女孩子，去念短大，找工作，跟馨結婚，在淺草過著平凡而幸福的日子。

還有另一個選項——津場木茜邀我加入陰陽局。選了這條路，明年我就不在淺草了吧。

到時候，我會知道什麼、遇見什麼、選擇什麼呢？

「妳是什麼意思？」

馨露出不解的神情。

「沒什麼啦。只是想說，最近騷動頻頻發生，不曉得我們還能在這裡待多久而已。特別是我，居住地點也曝光了。」

「……」

我又對馨說謊了。

我沒告訴他津場木茜問我要不要加入陰陽局。

我也沒告訴他，我跟那個叫作來栖未來的青年見過好幾次面。而且，他就是狩人雷，還擁有酒吞童子的另一個靈魂。

甚至，還有我的過去。酒吞童子死後，我身為大魔緣茨木童子的事也……

明明我們應該彼此理解，重新墜入愛河了才是，但仍有許多事情，我說不出口。

「那個……馨……」

如果你知道酒吞童子的轉世還有另外一個人，你會怎麼辦？

如果你知道我還有事情瞞著你，應該會罵我吧。

可是，我還說不出口。

馨剛跟媽媽坦承彼此心意，處在這麼幸福的心境中，我沒辦法告訴他如此殘酷的事實。

我不是不相信他，但我還想要再多一些時間。

「你，是天酒馨。」

「啊？什麼？真紀，妳說這什麼廢話。」

「沒錯。是廢話喔。你是雅子阿姨生的，名叫天酒馨，獨一無二的男孩子。」

你去天日羽，解決你的祖先留下來的問題，知曉了自己的根。

除了上輩子是「酒吞童子」這個身分以外，你更清晰地體認到塑造出你的血緣羈絆。這些肯定會成為你的存在意義。

「所以，絕對不要迷失自己喔。」

「……真紀？」

不要動搖。不要懷疑。

我所愛的人，也是天酒馨。

即使另一人走過多麼殘酷的人生，多麼需要救贖，是個教人極為心痛的男孩子也一樣。

即使他不久後，就將帶著真相跟刀刃來到馨的面前也一樣。

即使那是從千年前延續至今，殘酷傳說的序章。

我都一定要守護你。

〈裡章〉凜音，鈴聲響徹空中

『我給你名字。那，你就叫「凜音」好了。嗯，這個諧音好。鈴、凜。因為每次你來，大江山森林中樹木上掛的鈴鐺就鈴、鈴地響，每次我都會想，啊啊，你又來了呢。正好，送你一個我親手做的鈴鐺……當作眷屬的信物。』

凜音，是她送我的名字。
後來她就一直叫我凜音，有時也會喚我凜。
那是在很久很久以前，早已失傳的傳說。
日本存在特有的吸血鬼，數量稀少的這支鬼族，打造了一個祕境，在裡頭過活。
那並非是由人類轉變成鬼的存在，而是由吸血鬼的雙親生下的，吸血過活的妖怪一族。
沒錯。直到遭人類趕盡殺絕的千年前，都是存在的。
現在，只剩下我一個人。
一角的吸血鬼「凜音」，是唯一的倖存者。

○

鈴……鈴……
啊啊，她給我的那個鈴響了。
「不過真是教人驚訝耶，凜音。你居然會是那個茨木童子的眷屬。」
戴著鐵面具的吸血鬼——德古拉公爵打開關著我的牢房，把我的刀丟進來。

鈴……

他丟進來的那把刀，刀柄上繫著她送給我的鈴鐺。

那道鈴聲，在這棟洋館中輕盈響起。

「我就一直覺得很奇怪，怎麼只有你一個人白天也可以在外面晃。原本還以為日本的吸血鬼是奇特的種族呢。不過……原來如此呀。」

「凜音，為什麼一直瞞著我們呢？」

伯爵夫人發出低級的笑聲，而德古拉公爵似乎還想要試探我，繼續追問。

我撿起眼前橫躺在地上的兩把刀。

「因為那是我早已決定要忘記的過去，德古拉公爵。」

沒有，我絕對不會忘記。

即使決定要忘記，這千年來，卻沒有一天做到。

「凜音，抱歉這次懷疑你，還把你關起來。正如你所說的，黃金週的期間，茨木真紀人真的不在淺草。當時要是我們對淺草發動奇襲，肯定無法實現我們深切的心願，計畫就失敗了吧。即使你曾經是茨木童子的眷屬，我們也決定相信你。」

「……謝謝公爵的這句話。」

我不曉得德古拉公爵是否真的相信我了。

但至少，通過了第一關。

「只是話說回來，居然背叛過去曾經追隨的主人，你這男人也真是罪孽深重耶。凜音，當時真的發生了這麼過分的事嗎？」

「是的。那不用說。憎恨到侵蝕身體的程度。」

我淡然地回答伯爵夫人，將刀從刀鞘拔了一截出來，從刀身側面上倒映的自己，確認眼睛的顏色後，再度將刀收進刀鞘裡。

鈴。鈴聲又再度響起。無人知曉、專屬於我的聲音。

「因為過去，茨木童子背叛了我。」

伯爵夫人滿意地伸出手。

「那麼，立誓的吻。」

因此我塗上虛偽的忠誠，朝著渴求她的「鮮血」跟「慘叫」的對象跪下，親吻那隻手。

「我在此向兩位宣示忠誠。我一定會把那個小姑娘獻給赤血兄弟。」

即使我這一身沾滿血汙，即使我做出背叛妳的事。

我也一定要，保護妳。

〈外傳・幼稚園篇〉馨，與前世妻子重逢

『鬼神都不屑的邪道！』

在這聲吶喊中，我被源賴光砍下首級。

那瞬間，我到現在都還記得。

我一直認為，如果真有死後的世界，我，酒吞童子，肯定會墜入地獄。

○

「馨！快點，今天幼稚園開學！」

「……我已經準備好了。」

「哎呀，你已經到玄關了？啊，那你在那裡等一下。便當、便當。」

「便當我已經放進包包了。」

「啊？你什麼時候……」

「媽，妳在化妝的時候。」

我的名字叫作天酒馨。從今天開始要進幼稚園的中班就讀。

而媽媽還在那邊嚷嚷著：「咦？跑哪裡去了？」「鑰匙呢？」「我忘了塗口紅！」東缺西漏的，還沒準備好要出門。不過，每次都是這樣啦。

我已經先打理好自己，在玄關等待著。

那裡有一面大鏡子，每次看見上頭映照出的自己，我就忍不住嘆氣。

什麼呀，這個小不點的模樣。

我前世可是對平安京盛世造成威脅的鬼——酒吞童子，現在這副悽慘的模樣簡直可笑到讓人想哭。

「我真是個一點都不可愛的小鬼耶。」

身體小小的，穿著幼稚園罩衫，卻是個看起來很神經質的臭臉小鬼，眼神也無精打采的。

而且接下來還要被寄放在幼稚園。沒有比這更痛苦的事了。

我擁有曾身為成人的酒吞童子的記憶，根本不可能有談得來的幼稚園小朋友。而要是反過來配合他們聊天、玩耍，一下就精疲力盡了……

「嗯？」

我發現有幾隻手掌大小的綠色生物，正在玄關角落悄悄走動。是隅田川的手鞠河童。

我們家的公寓大廈位在隅田川旁邊，所以偶爾會在家裡看到他們的身影。

看來是跑來我家偷方糖的，正在搬運。

就算我轉世成了普通的人類，還是能看見這些傢伙呀。

「你們是怎樣，又跑來別人家裡搬東西喔？」

「啊～？對不起，只是借一下啦～」

「明明借了也不會還。」

「啊～？你在說什麼我聽不懂耶。啊，這個避邪用的圓錐形鹽柱也搬走好惹～」

擺在玄關一角的避邪鹽堆也白白成了他們的生活物資。

這群小妖怪東偷西拿地，將各種東西裝進自己帶來的袋子裡搬走，卻找不到路出去，我就幫他們將大門推開一道隙縫。

話說回來，他們到底是從哪裡溜進來的呀？

「啊——討厭啦，這樣上班會遲到耶。」

「……幼稚園而已，我一個人去沒問題啦。」

「啊啊？別說傻話了。要是讓這麼小的小朋友一個人走去幼稚園，我可是會遭人家白眼呢。」

媽媽一如往常地愛生氣。

不，或許是因為我的這種態度。

爸媽對於我們家這個一點都不像小朋友的冷淡小孩，似乎不曉得該怎麼關愛我才好。

而我也沒有忘懷那段遭雙親遺棄、化成鬼的前世。對於父母，我沒辦法敞開心扉。

話說回來，這個時代也太無趣了。
都從那個時代跨越千年轉世到未來的世界了。
這種無聊透頂的灰暗日子到底是怎麼回事？
雖然沒有過往那些爭端，但我很清楚自己的內心開了一個大洞，非常空虛。對於每天的生活，簡直厭煩透頂。
不，搞不好這裡是真正的地獄。
我所珍視的人事物，一個都不剩了。
我找不到她。
「……茨姬。」
我腦中總是、常常、一直在想前世的妻子，茨木童子的事。
她現在仍以鬼的身分活著嗎？
好想她。想見她。
可是，如果她看到我這種小不點的模樣，搞不好會很失望。
那我想要快點長大。
長大成人，離開這個家，我就要去找她。

幼稚園裡有一棵高大的櫻花樹。

我用空洞的眼神望著散落的櫻花花瓣，走在媽媽旁邊。

「哇啊！」

一陣強風襲來，每個人都停下腳步的那一瞬間。

沒錯。在那陣強風中，有一個幼稚園小朋友逆風衝過我身旁。

「——咦？」

赤紅色的。

那雙高貴的赤紅色目光，那股靈氣，我不可能忘懷。

我不禁回過頭，眼神追著那個頭髮透著紅色的小女孩。

那個女孩好像在追趕被風吹跑的黃色帽子。

但那頂帽子卡在櫻花樹上的高處了。

不，不對。是妖怪！

愛惡作劇的妖怪跑去捉弄她，把帽子拿走了。

小女孩很勇敢，用那副小小的身軀爬上巨大的櫻花樹。看起來是她媽媽的人慌張地大喊：

「天啊！真紀，快點下來！」擔心得要命。

真紀。難道是她的名字嗎？

她爬到小妖怪待著的高處，只是露出慈悲為懷的豪氣笑臉，小妖怪立刻就把帽子還給她。

看到那副神態，我就肯定了。

那個女生果然是她。

「茨姬！」

我情不自禁地叫出那個名字。

小女孩似乎是聽到我的聲音，在高高的樹枝上左顧右盼。

「哇。」

一陣強風吹來，她失去平衡，我趕緊衝到樹枝下方，「砰」的一聲巨響，成為那小女孩的墊背。

沒辦法穩穩接住她，真是太丟臉了。

不過只要她，只要茨姬沒有受傷……

「痛……好痛。」

「喂，妳、妳沒有受傷吧？」

「……」

「妳有哪裡痛嗎？」

我慌忙把她抱起來，雙手握緊她的肩膀，出聲問道。

一看到我的臉，她就愣住了。

一點一滴地，兩個人的眼睛都越睜越大。

嘴巴就像圖畫中那樣張成圓形，眼睛連眨都不眨。

這副神情的小茨姬傻在原地，她面前飄散著許多櫻花花瓣。

「！」

但她不曉得怎麼了，突然激動起來，揮開我的手臂。

接著神情極度混亂地繞著櫻花樹跑了幾圈，才又朝廣場的方向逃走。

「茨、茨姬？妳為什麼要逃呀。茨姬！」

我也立刻爬起來，追上去。

她明明是小女孩，卻跑得有夠快。我正想去追她時，她已經不見蹤影了。

可是……我確定。我看得見。

茨姬靈力的色彩、氣味，都跟過往毫無兩樣。

紅色的、紅色的。紅色的線。

我雙手拉著那條線，走到幼稚園角落的兔子小屋，探頭朝裡面看。

「……找到了。」

裡面是，雙手環抱著身體、縮成一團的小茨姬。

我一出聲，她的肩膀就一陣顫動，慢慢抬起頭來。

沒錯。小茨姬的表情依然寫滿混亂，還帶著幾分畏怯。

為什麼？

但她已經不再從我身邊逃開，像是要確認什麼似地，凝視著我的眼睛深處。

所以我也緩緩蹲下，凝望著她的眼睛。

只要看眼睛，就能知道。

寄宿在裡頭，茨姬炙烈燃燒的強烈紅光。

但那道光亮有些扭曲。

眼前的這個小女孩，她的眼眶蓄滿淚水。

「我見到你了嗎？」

她脫口而出問道。

「我真的見到你了嗎？」

淚水滾滾流下，那隻朝我伸來的小手，止不住地顫抖著。

「為什麼？你為什麼會在這裡？我、我一直找……一直，好想見你……酒大人！」

望著她這副神態，我也才終於真切感受到，自己與前世的妻子重逢了。

「妳是……茨姬吧？一定是。我不可能會看錯妳。」

「酒大人、酒大人！」

茨姬小小的身軀，緊緊抱住同樣小小的我。

沒錯，是我喔。我不停點頭，抽泣到都快要不能呼吸了，哭個不停。

我也伸出小小的手臂環住她的後背。原本總是平靜無波的內心劇烈撼動，極少哭泣的這雙眼

睛，熱淚不斷湧出。

茨姬。茨姬。

這樣呀，妳轉世了啊。

轉世了，就表示茨姬死了吧。

「對不起。對不起。茨姬。我終於、終於……找到妳了……」

等我們回過神來，其他那些不知情的幼稚園小朋友來到我們四周，對我們指指點點。

追過來的雙方母親看到我們的模樣，也都十分震驚。

那是當然的。

從旁觀者的角度來看，就是兩個幼稚園小朋友抱在一起嚎啕大哭，莫名其妙的畫面吧。

不過，這只有我們會懂。其他人都不會明白。

走過死別，歷經漫長歲月……

然後，某對夫婦重逢了。

「酒大人，你有受傷嗎？」

「沒怎樣啦，小事。應該有點擦傷吧。舔一舔就好了。」

「不行啦。人類的身體很脆弱的。我們已經不是鬼了喔。」

這間幼稚園我從小班就開始上了，而真紀是從今天進入這裡的中班開始就讀。換句話說，我們同年。

兩個人都被分到蒲公英班，我們窩在教室角落講悄悄話時，茨姬頻頻詢問我的傷勢。

在茨姬下面當墊背時，不小心擦到手肘留下的傷口。

「酒大人，很痛吧？我也很常受傷，隨身都會帶著OK繃。我幫你貼。」

茨姬原本就是愛操心的個性。

她從幼稚園罩衫的口袋中掏出OK繃，神情認真地貼在我的手肘上。

那個模樣，讓懷念的感受一湧而出。但那些記憶已經並非現實了。

我們在遙遠過往的年代中死去，投胎轉世後，來到這裡。

我們的關係已經重新洗牌過了。

「那個，茨姬，我已經不是『酒大人』了。酒呑童子已經死了。妳看看四周。因為妳用那個名字叫我，所以其他小朋友都覺得很奇怪。」

「哎呀，這點酒大人你也一樣呀。我也已經不是茨姬了。茨姬已經死了。所以，我現在的名字叫作『茨木真紀』。是真紀喔。」

「……真紀。」

是個生氣勃勃的好名字。很適合。

「我是馨，天酒馨。」

一聽到我的名字，她的眼睛就眨了起來。

而一直含在眼眶裡的淚水，就這麼滑了下來。

臉上明明還掛著笑容，但那副模樣讓人看了有點心酸。

「已經不能叫酒大人了對吧？一想到這點，就覺得有點寂寞……不過，是一樣的。你的靈魂，擁有一樣的色彩。」

她落下的淚珠，我用自己小小的手指輕輕拭去。

我們都是穿著幼稚園罩衫的小朋友，所以這個畫面看起來不太對勁，但真紀用自己的手蓋住我的手，輕壓在她的臉上。簡直就像在用肌膚、用體溫，確認我確實存在一般。

「我一直都好想見你，好難過好難過，好寂寞。不過……終於、終於見到馨大人了。」

「馨大人？不用再加『大人』了啦，我們只是幼稚園小朋友耶。」

「那就馨頭目？馨老大？」

「不用不用，通通都不要加。」

「……那……馨？」

真紀怯怯地直呼我的名字。

只不過是叫名字而已，不曉得為何她臉就漲紅了，還用手掌蓋在雙頰上。

害我跟著也不好意思起來。

還是酒吞童子跟茨木童子時，她總是依戀地喚我酒大人，所以直呼名字感覺倒是很新鮮。

真紀雖然年紀還很小，但往昔茨姬的樣貌依然留存著。

這讓我無比懷念。她可愛的舉動，讓我忍不住心動。

這是什麼呀？我轉世之後連一丁點都不曾顫動過的堅強心臟……等一下等一下，對小女孩心動這實在太說不過去了。

即使她是我前世妻子的轉世也一樣。

「咳咳。反、反正就是這樣啦。我們都已經投胎轉世了，以後就叫彼此現在的名字吧。不然的話，看在其他人眼裡會覺得很奇怪。」

現在也是，幼稚園的小朋友和老師，都朝著面對面跪坐在教室一角的我們，投來奇異的目光。特別是老師們，雙頰泛紅地交頭接耳，讓人很介意。

至今都表現得像個小大人的我，居然一直跟一個小女孩黏在一起。

喂，我們可不是動物園裡的動物啦。

「妳聽好，真紀。我們已經不是夫妻了。雖然不曉得將來會變成怎樣，但最好不要一直黏在一塊兒。這樣對妳我應該都不是好事。」

「咦？」

真紀露出有些落寞的神情。

但她似乎想到了什麼，便用力點了頭，用那雙小手在臉頰啪地拍了幾下。

「你說的對，我們已經不是夫妻了。」

一說出這句話，她的狀態好像隱約產生了變化。

「連鬼都不是了。只是普通的人類，只是幼稚園的小朋友。以後會一歲一歲地增加，逐漸長大……然後，或許會各自喜歡上別人呢。」

「……咦？」

這反倒讓我嚇了一跳。

我講那句話並不是這個意思。

真紀，茨姬，她該不會想要過跟前世不同的人生吧？

活了漫長時光，擁有強壯的身軀，俊美又強悍的酒吞童子。

然而卻壯志未酬身先死的前世老公。這麼丟臉的我，難道她已經……

「呵呵，我開玩笑的啦。馨，我有可能讓你逃走嗎？」

不過，真紀展露出小惡魔般的笑容，那張臉根本不是小女孩會有的神態，還擺出稍嫌高壓的態度，用手指指著我的胸口。

「『我是妳的』這句話，是你以前自己說的喔。可不准你說忘記了。所以你必須再次跟我結婚才行。」

「啊……啊？」

我莫名震驚。茨姬以前偶爾會對酒吞童子拿出「妻管嚴」的一面，但命令、玩弄這種舉止……

「你的東西就是我的東西，我的東西還是我的東西！」
「等、等一下。突然講這是什麼呀。妳是哪來的臭屁小鬼呀！」
「我才不是臭屁小鬼，我是你這傢伙的前世老婆。」
「居然叫我這傢伙。」
她雙手扠腰，理直氣壯又果斷地說道。
咦？茨姬原本是這種人嗎？
那個好勝的微笑，那道意味深長的目光，已經沒了因重逢而驚慌失措、泣不成聲的茨姬模樣。
剛才明明還看起來那麼夢幻、柔弱，光是直呼我的名字就小臉漲得通紅。
「因為……不先把這些話講在前頭，『酒大人』就會打算把一切都奉獻給我吧。」
「……啊？」
「不過你放心。我絕對會一直肯定『馨』的存在。」
真紀到底在講什麼？
她倏地將視線從我身上移開，望向窗外的遠方。
「啊，馨，吃便當的時間到囉。我的便當超級大的喔。其他小朋友看了一定會嚇一跳，所以你要好好掩護我喔。」
「掩護妳什麼呀？哇，真的很大耶，根本是便當箱子！」

大胃王這一點好像沒變。

不過，她有些神態跟我所認識的茨姬，似乎不太相同。

肯定是我不在了以後，她獨自度過的時光內產生的變化吧。

不過好像有一點點欠揍。

明明我是考慮到真紀的未來，才不想在這個年紀就做出結論。

她卻反過來像個暴君般專斷地對我下命令！

「你的東西就是我的東西，我的東西還是我的東西。」

我並不討厭這樣。啊啊，完全不。

因為這是表示需要我的肯定話語。

我最害怕的是，被說「不需要你」。

如果我有什麼能夠給她的，其實我全部都願意給。

既然她想要再次在一起，我求之不得。來呀，沒問題。

不過，同時也有個愛唱反調的自己存在，一被命令，就想要反抗。

我也想看看她著急的模樣。

或許多少也可以發揮一點制衡的功效吧。

她的人生很重要。我們不能被強烈的愛意沖昏頭，犯下全世界只剩下對方這種錯誤。

所以我後來才會常常壓抑奔騰的情感，說出：

我們還不是夫妻。

雖然還沒結婚，但我要離婚！

諸如此類。

真紀都不曉得我是用什麼樣的心情說出這些話的，還一副高姿態地回「你又講這種彆扭的話～」，在一旁竊笑。

這也是遠超過幼稚園小朋友年紀的老夫老妻對話，有種夫婦鬥嘴的感覺。我們漸漸營造出一種讓周遭有些不明就裡的獨特氛圍。

不過只要兩個人在一起，就不會有無聊的時候，原本是折磨的幼稚園生活也變得愉快。

我們平穩、快速地成長，逐漸積累更多相伴度過的時光。

不過，偶爾真紀會一臉寂寞地抬頭望著遠方的天空。

那是我所不了解的，她的另一面。

真紀，在看什麼呢？

她在想些什麼呢？

後記

大家好，我是友麻碧。

謝謝各位撥空閱讀《淺草鬼妻日記》第七集

上一集去了夜景華美的橫濱搭乘豪華郵輪，而這一次則搭飛機去了大分縣的深山。

以淺草為根據地，卻又四處跑來跑去，經歷各種事情，這次妖怪夫婦也是活力充沛。故事也跟上次充滿火藥味的內容截然不同，轉至靜謐的鄉下，內容穿插著當地悠久的傳說及老婆婆不可思議的經歷，還有馨跟媽媽、家人之間的相處。內容稍微偏離原來的故事主幹，帶著一種外傳的感覺，但這是我在第一集裡描寫馨父母的故事時，就一直很想寫出來的部分。

實際上，大分縣並沒有叫作天日羽的城鎮，但確實有我拿來當作範本的地區存在。那裡在大分縣被稱為「童話之鄉」，有興趣的讀者，請去搜尋看看。對我來說，也是一個頗有淵源的地方，我將那邊的田園風光及鄉土料理拿來當作參考。

故事中出現了生雞肉這種危險的料理，我是從小就十分愛吃，總是開懷大吃，也沒有發生過什麼問題。但我想也有人會擔心食物中毒，所以如果有讀者想嘗試，請多小心，仔細做功課，找到值得信賴的店家再享用美食。

接下來看樣子會變成，在第六集及第七集的許多地方都有發揮存在感的異國吸血鬼的故事。我想要圍繞著真紀特殊的鮮血，寫出讓大家提心吊膽的內容。茨姬的眷屬老三終於要活躍起來了……吧？

接下來是宣傳時間（註5）。

宣傳一。《淺草鬼妻日記》（B's-LOG COMICS版）漫畫第三集，將在九月三十日發售。故事進展到原作第二集的內容，可以實際看到幾個角色的模樣，請各位務必去欣賞一下，像是有大家最喜歡的（？）大黑學長！

宣傳二。另外一部《淺草鬼妻日記》漫畫（Comp Ace版）的第二集，將於十月二十六日發售。

從馨的視角來繪製的漫畫，只有這兩集就結束了。因為是從馨的視角出發，會有很多令人感到衝擊的場面，結尾也收得很漂亮，因此，這部作品也請各位務必閱覽一下。嗚原老師，真的是辛苦您了！

宣傳三。目前富士見L文庫正在舉辦友麻碧作品連續三個月出版的贈獎活動。我真是拚了老命啊。詳細內容請見書腰。

註5：後記提及的均為日本出版資訊，書名為暫譯。

其中也有在下個月的十月號，預計將面世的新作品《梅蒂亞轉生物語》第一集。我想《淺草鬼妻日記》的讀者中應該也有人知道，這部作品是由我出道前在網路上發表的內容，大幅改寫過後所完成的小說。

《淺草鬼妻日記》其實也是從《梅蒂亞轉生物語》衍生出來的作品。裡面有些相同的角色，搞不好會滿有意思的。感覺上像是真紀等人在別的次元，做些不同的事情，有興趣的人請讀看看。

故事概要是邪惡魔女的後裔、身為男爵家千金的瑪琪雅，遇見了擁有不尋常強大魔力的奴隸少年托爾。這兩個人——千金小姐跟保護她的騎士，在一同成長的過程中，漸漸培養出信賴跟忠誠。不過有一天，從異世界來了一位傳說中的少女，而托爾背負著保護那位少女的騎士宿命。瑪琪雅與托爾被迫分離，但瑪琪雅為了再次見到托爾，決定去王城的魔法學校……

故事開端大致是如此，內容則是在富士見L文庫相當少見的，劍與魔法的世界。

責任編輯。我打從心底感謝您，總是毅力驚人地陪我走過完成作品的旅程。「淺草鬼妻日記」系列可以延續這麼久，都是您的功勞。以後也要請您多多指教。

插畫家あやとき老師。謝謝您這次也接下封面插圖的任務。鄉下鋪著榻榻米的和室，那種懷舊的氣氛非常迷人。我跟編輯私下還聊過，馨無邪的睡臉超可愛的。布偶造型的小麻糬，我也好想要一個喔。今後「淺草鬼妻日記」系列也要請您多多指教。

還有，各位讀者。

謝謝你們長久以來的溫暖支持。

幾位主角處於相當艱難的情況，但接下來都是關鍵重頭戲，對我自己來說，寫作的過程也是充滿期待跟興奮。希望大家往後也能繼續支持妖怪夫婦及他們愉快的小夥伴，那我會非常開心。

第八集預計將在明年春天問世。

我衷心期盼再次相會的那一天到來。

友麻碧

國家圖書館出版品預行編目資料

淺草鬼妻日記．七，妖怪夫婦與傳說同眠 / 友麻碧作；莫秦譯．-- 初版．-- 臺北市：臺灣角川，2020.04

面；　公分．--（角川輕．文學）

譯自：浅草鬼嫁日記．七，あやかし夫婦は御伽噺とともに眠れ。

ISBN 978-957-743-706-8(平裝)

861.57　　　109002565

淺草鬼妻日記 七 妖怪夫婦與傳說同眠

原著名＊浅草鬼嫁日記 七 あやかし夫婦は御伽噺とともに眠れ。

作　者＊友麻碧
插　畫＊あやとき
譯　者＊莫秦

2020年4月22日 初版第1刷發行

發 行 人＊岩崎剛人
總 經 理＊楊淑媄
資深總監＊許嘉鴻
總 編 輯＊呂慧君
編　輯＊薛怡冠
美術設計＊李曼庭
印　務＊李明修（主任）、張加恩（主任）、張凱棋

台灣角川

發 行 所＊台灣角川股份有限公司
地　址＊105 台北市光復北路 11 巷 44 號 5 樓
電　話＊（02）2747-2433
傳　真＊（02）2747-2558
網　址＊http://www.kadokawa.com.tw
劃撥帳戶＊台灣角川股份有限公司
劃撥帳號＊19487412
法律顧問＊有澤法律事務所
製　版＊尚騰印刷事業有限公司
I S B N＊978-957-743-706-8